하나님은 사랑이다

이 도서의 국립중앙도서관 출판예정도서목록(CIP)은 서지정보유통지원시스템 홈페이지(http://seoji.nl.go.kr)와 국가자료종합목록 구축시스템(http://kolis-net.nl.go.kr)에서 이용하실 수 있습니다.
(CIP제어번호 : CIP2020002579)

송홍만 제23시집

하나님은 사랑이다

한누리미디어

| 책머리에 |

2019년은 2010년대(年代)를 다한 해이고
20년대를 맞이할 준비를 한 해이다

1938년 5월 10일에 태어나 82세로 2010년대를 보내고
2020년 20년대를 맞이하며 83세가 되었다

지난 1년이 꿈 같은 세월이지만
하나님께서 주신 은사로 113수의 시를 지어
제 23시집을 내게 되었다

그리고 그간 23권의 시집을 냄으로써
자작시 발표는 모두 2,200수가 되었다

소소한 이야기들로 시를 지었지만
대단한 의미가 들어 있는 것도 간혹 있다

내 돈으로 사지 아니한 책은 대개 읽지 않는다
출판기념회에서 받아온 책은 아직도 책상 귀퉁이에
정성껏 포장된 채로 천대를 받는다

이 습관을 버리고자 노력하며, 정성껏 읽어
공감하려고 노력하면서
이번에도 시집을 조심스럽게 세상에 내어놓는다

한누리미디어 김재엽 사장님과
임직원 여러분의 노고에 감사드린다

2020. 1. 7.

송홍만 올림

차례

제2부 _ 하나님의 인류구원계획

차례

제3부 _ 잊지 못할 약속

제4부 _ 알게 된 것 알려주고 싶다

차례

제5부 _ 함경도 어부의 이야기

제6부 _ 꿈 속에서는

제 1 부
헛된 40년이 지나고서야

헛된 40년이 지나고서야/ 역사와 통감/ 하품을 하면 눈물이 나오는 뜻
금강산 관광/ 한글창제에 숨은 두 공로자/ 꿈을 꿈이라고 부르는 뜻/ 기른 자식
맥아더 사령관과 일등병의 대화/ 당수동 택시기사의 이야기/ 가장 중요한 순간들
병산서원에서/ 초대 받은 사람/ 내 생일/ 하늘나라 오고 간 사제간의 문자
은나래회/ 지리산 종주/ 모든 고통을 피하지 말라
부모님 생각/ 누우면 죽고 걸으면 산다

헛된 40년이 지나고서야

나이 40에 교회를 다니며 세례를 받고
하나님은 천지만물을 지으신 전지전능하신 분이며
독생자 예수님을 세상에 보내주셔
이를 믿는 자는 하나님의 나라 백성이 됨을 알았다

하나님께 기도하는 성도들이 모여드는 교회,
열심히 준비하여 말씀을 전하는 목사,
수없이 아멘을 외치는 성도에게서
하나님의 나라 백성의 모습을 찾아볼 수 없어
성경말씀을 나름대로 탐독하여도
깨닫지 못한 헛된 40년이 지나갔다

"하나님의 나라는 볼 수 있게 임하는 것이 아니요
또 여기 있다, 저기 있다고도 못하리니
하나님의 나라는 너희 안에 있느니라" (눅17:20-21)
"하나님의 나라는 먹는 것과 마시는 것이 아니요
오직 성령 안에 있는 의와 평강과 희락이라" (롬14:17)

내 안에 하나님의 나라가 겨자씨만큼이라도 자라고 있는가
조심스럽게 살펴보면서 예수님의 이름으로 기도한다

역사와 통감

인류(人類)가 세상에 태어나 살아온 기록을
역사(歷史)라고 하고
영어로는 history라고 한다

중국 문화권에서는 통감(通鑑)이라 하니
이는 송나라 때 원추(袁樞)가 지은 역사책
자치통감(資治通鑑)에서 유래하였다

자치통감이란 임금이 백성을 다스리는 자세를
항상 자신의 마음과 행동을 거울에 비춰보라는 뜻이다

역사(歷史)의 뜻은 지나온 일들의 단순한 기록이요
history라는 표현도 큰 외치는 소리들의 기록이지만
통감(通鑑)이란 지나간 일들을 거울삼아
몸과 마음을 바로잡아 살아가라는 뜻이 들어 있어
가장 잘 표현한 것이다

'역사(歷史) 바로잡기' '적폐청산(積弊淸算)'
이런 말들은 가능한 일이 아니요
말이 되지 아니 한다
지난날의 일을 거울삼아
몸과 마음을 바로잡겠다는 말이 바른 말이다

하품을 하면 눈물이 나오는 뜻

누구나 하품을 하여 보았을 것이니
하품을 하면 눈물이 난 일도 있을 것이다

의학공부를 하지 아니 하여 모르나
곰곰이 생각을 하고 나니 알 만하다

하품이란 하나님의 품안이라는 뜻이니
하나님의 품안에 있으니 감사하여 눈물이 나오는 것이다

우리 말을 우리 글 한글 속에서
풀어 보니, 한글이 소리 나는 대로만 표시하는 문자가 아니고
뜻을 품고 있는 한자(漢字)와 같은 글자이기도 하니
한글은 세상 모든 사람에게 영원히 존재할 보배로운 글자로다

이러한 우리 한글을 자기 나라 말을 쓸 수 없는 여러 나라가
한글을 수입하여 사용하고 있다
한글은 2012년 세계문화유산으로 등록이 되었다

2012년 세계문화유산이 되었도다

금강산 관광

세계에서 가장 아름다운 우리 금강산 일만이천 봉을
3박 4일 둘러보고 온 일은 잊지 못할 행운이다

동해항에서 설봉호에 승선하여 북한이 점령하고 있는 고성항에
도착하여 작은 배로 옮겨 장전항에 착륙하여 온정리에 이르러
버스로 106번 굽이굽이 돌고 돌아 온정령을 넘어
내금강 우거진 숲 사이로 하여 만상정 주차장에서 내려
삼선암, 귀면암, 안심대, 망장천, 하늘문, 천선대 둘러보았다

설봉호 안에서 밤에 장기자랑이 벌어져
아내는 하모니카로 '아! 목동아' 를 부르고
나는 자작시 '고향길' 을 읊어 금강산에 여운을 기억시켰다

신계사 터를 지나 옥류동에 고운 물살 은사류를 지나
가파른 쇠다리 오르니 구룡대라
굽어보니 연초록 여덟 웅덩이가 구룡연이고
이곳을 흘러내려 구룡폭포를 이루고 있다

폭포 우측 매끈한 바위 면에 '미륵불(彌勒佛)' 이라 새겨 있고
마지막 긴 획의 길이가 공교롭게도 폭포의 깊이와 같이 13m란다

한글창제에 숨은 두 공로자

세종대왕이 한글을 창제하셨는데
그에 알려지지 않았던 공로자로 두 명이 밝혀졌다
신미대사(信眉大師)와 정의공주(貞懿公主)이다

세종대왕이 우리 말을 글자로 쓸 수 없음을 불쌍히 여겨
한글을 만들었으나 변화되는 소리가
고장마다 같지 않아 고심하며
수양대군을 비롯한 아들들에게 풀게 하였으나
모두 풀지 못하여
정의공주에게 내려보내자 공주는 풀어 바쳤다

또한 신미대사는 백성이 인간다운 권리를 누릴 수 있는 세상을
이룩하고자 하시는 세종대왕의 뜻과 통하였던 것이다
백성들이 글을 알아 천강(千江)에 비치는 달빛과 같이
부처님의 말씀을 읽고 깨달아 밝게 살아가기를 바랐던 것이다

세종대왕은 한글창제를 발표하면서
정의공주와 신미대사의 공로까지 밝히려 하였으나,
공주와 신미대사는 당시 숭유억불사상(崇儒抑佛思想)과
남존여비(男尊女卑) 분위기인 데다가
본인들의 간청으로 발표하지 아니 한 것이

설악산 봉정암의 주지스님을 찾아간 작가에 의하여 알려졌다
동남아 어느 나라 사람들이 한글을 빌려
자기 말을 한글로 써서 소통하고 있어
우리 한글은 2012년에 세계문화유산으로 등록되었다

꿈을 꿈이라고 부르는 뜻

꿈을 그렇게 많이 꾸어봤어도
그대로 맞은 일은 거의 없다

그래도 꿈을 꾸고 나서 생각해 보면
나쁜 꿈이면 그대로 되지나 않을까
좋은 꿈이면 그렇게 되었으면 하고
이러 저리 생각을 하느라고 꿈틀거리게 된다

꿈은 다 그러하니 잠이 깨거든
꿈틀거리며 누워 있지 말고
벌떡 일어나 정신을 차리라는 것이리라

어릴 때에는 할머니가 꿈은 키 크느라고
꾸는 것이라고 말씀을 하셨으니
이제는 벌떡 일어나 책을 읽고 글을 써야겠다

기른 자식

남양주에 살고 있는
둘째 처남 칠순 잔치에 초대하여
서울에 있는 큰 회관에 갔다

조금 뒤에 들어 닥치기를 시작하는데
구름이 모여들 듯 예약한 좌석이 모자라
문을 열고 옆 방까지 찼다

부부가 낳은 자식은 한 사람도 아니고
틈틈이 이웃 어린 아이들을
어린이집, 유치원, 초등학교에 태워다 주곤 한 자녀였다

'무자식이 상팔자' 라는 말과는 다르다
자식은 낳은 자식뿐만 아니라
기른 자식도 똑같은 자식이로다

맥아더 사령관과 일등병의 대화

2006.6.24. 조선일보 기사를 읽어보니
1950.6.29. 이미 한강 이북은 인민군에 의해 점령되고
백골부대 18연대 1대대 3중대 100명이 한강이북 방어선을
마지막까지 버티고 있던 영등포 양화동 인공폭포공원 부근에서
일등병 신동수(辛東秀)와 도쿄에서 날라와 상황을 돌아보던
미 극동군사령관 맥아더(MacArthur) 장군과의 대화이다

"병사! 다른 부대는 다 후퇴했는데, 자네는 왜 여기를 지키고 있는가?"
"저는 상관의 명령이 없이는 절대 후퇴 않는 것이 군인이라 배웠고
철수 명령이 있기까지는 한 발짝도 움직이지 않을 것입니다"

이 군인에게 감동을 받은 사령관은 어깨를 툭툭 치면서
"정말 훌륭한 군인이다 내가 일본에 건너가면 즉시 지원군을
보내주겠다" 하면서 연막탄 2개와 대공표지판을 선물로 주었다

당시 100명이 7일간 처절한 혈전으로 7명만 생존했다며
77세의 노병은 이렇게 말씀하셨다
"6.25만 가까우면 내가 묻어준 동료들이 떠올라요
군번도 없이 죽어간 전우(戰友)들이 얼마나 많은데요
어떻게 지킨 나라인지 지금의 젊은이들이 알고나 있나요"

당수동 택시기사의 이야기

광교산 통신대 헬기장 오르내리는 길
산악자전거 타는 사람 가끔 중간에서
쉬는 것을 보면 걱정되어 다가갔다

힘이 들어 내려가련다며
일곱 살 때 집에서 폭격을 받아
할아버지 할머니 아버지는 돌아가시고
부엌에 있던 나와 어머니만 살아왔다며
원수를 갚지 못한 불효에 가슴 아파
다시 쳐들어오면 한 명이라도 죽여야 되겠단다

"만일 어르신들이 현몽하시면 무슨 말씀하실까요"
조심스럽게 물으니, 묵묵히 얼마가 지나도 대답이 없다
내 생각에는 "얘야, 힘들었지, 건강하게 살아주어 고맙다
우린 아주 편히 쉬고 있으니 지난 일을 잊거라 하실 것 같소!"

잠시 후
일흔두 살 노인이 일어나 허리를 굽혀 절을 하여
나도 일어나 두 손을 잡고 앉았다

가장 중요한 순간들

룻기 2장 1절-11절 말씀을 읽다가 놀라운 일을 깨달았다

남편 엘리멜렉과 사별하고 시어머니 나오미를 따라
시어머니의 고향에 따라와
시어머니의 친족 중에 한 어른 보아스의 밭에서였다

보아스는 룻에게 여호와께서 너와 함께하시기를 원하노라 하니
룻은 보아스에게 여호와께서 너희에게 복 주시기를 원합니다 대답한다

내 딸아 들으라 이삭을 주우러 다른 밭으로 가지 말라
나는 네가 네 시어머니에게 한 모든 행실과 언행을 들었고
알지도 못하는 백성에게 시어머니를 따라온 일을 알고 있노라

여호와께서 네 행한 일에 보응하시기를 원하며
내 주인께서 네게 온전한 상 주시기를 원한다

룻이 다윗 왕과 예수 그리스도의 조상이 되는
중요한 순간이었다

우리가 지금 만나는 사람, 우리가 하고 있는 말,
쓰고 있는 글속에도 중요한 순간들이 들어있다

병산서원에서

'우리 문화 바로 알기' 모임을 따라 병산서원을 가는 도중에
버스 기사의 권유에 따라 버스에서 내려
경북 안동 풍산벌 적시며 흐르는 개울물 소리와 밝은 달밤에
이야기 주고받으며 시오리 길을 걸었다

서애(西厓) 류성룡(柳成龍) 님을 모시고 후학을 가르치는
병산서원(屛山書院)
긴 누마루 조심스레 올라 난간을 베고 누우니
만대루(晩對樓) 간판이 걸려있다
늦게나마 대면하니 반갑다며 이야기 주고 받자는 뜻인가 보다

거침없는 이야기 주고 받다가 동재(東齋)에서 하룻밤 달게 자고
어젯밤 일행들이 물가 모래톱에서 술 마시며 놀던 흔적을 청소한 후
대청마루에 올라 앉아 산마루와 만대루 용마루 나란한 모습 아름다워
일어나 만대루 정면으로 돌아가니 이른 새벽 하늘아래 펼쳐진 별천지

병산 아름다운 능선은 풍천 개울 따라 흐르고
만대루 용마루도 덩달아 병산 줄기와 나란히 서있다
또 돌아서 서원마을 둘러보니 나무 백일홍 꽃이 반긴다

초대 받은 사람

예식장에 초대 받아 가면
대부분 낯선 사람들이다

그래도 초대한 사람은
그들을 알고 있는 사람이다

오가는 사람들 낯선 사람들이나
초대하신 하나님은 한 사람 한 사람
아주 많이 알고 계신 사람들이다

하나님께서 초대하신 귀한 이웃을
초대 받은 손님이 어찌 박대할 것이냐
서로서로 사랑할 일이로다

내 생일

내 생일은 무인년(戊寅年) 음력 5월 초하룻날
이날이 되면 할머니 생각이 간절(懇切)하다

호랑이띠이니 너는 겨우내 먹이 사냥에 힘들다가
산과 숲이 우거져 사냥하기 쉬울 것이고
바닷물이 한참 들어올 때에 태어났으니 부자로 살아
평생 부족하지는 않을 것이라며 등을 쳐 주셨다

공장에 다니며 야간대학 다닐 때 쌀자루는 쉬 꺼져가고
방은 추워 걱정이 가득해도 할머니 말씀 믿고 이겨냈다

결혼하여 아들 딸 낳아 기르며 봉급으로 이겨내는
절제(節制)의 용기(勇氣)를 얻기도 했다

할머니의 덕담(德談)은 나에게 격려(激勵)가 되어
하나님의 사랑을 굳건하게 믿게 하여 주셨다

격려는 어느 사람에게나 어떠한 사정에 있어도
복을 받게 하여 주는 것이로다

하늘나라 오고 간 사제간의 문자

2006.5.16. 조선일보에서 읽은 기사이다
목원대학교 심재호 교수가 오랜 암을 앓다가 돌아가셨는데
부음을 얼마 뒤에야 들은 조교 이영신은 교수님의 휴대전화에
"평안히 가셨을 것으로 믿습니다" 문자를 보냈다

사모님 장은정은 남편의 휴대전화에 문자를 보고
이를 남편이 살아있어 보았다면 이렇게 했으리라 생각하고
"벌써 천국에 도착했네,
생각보다 가까워서
내가 가까이 있으니
너무 외로워하지 말고 열심히 공부해요"
라고 문자를 보냈다

사제간의 하늘나라 오고 간 격려(激勵)는
사모님의 아름다운 재치(才致)로
까마귀와 까치들이 오작교(烏鵲橋)로
배달하였으리라

은나래회

2006.6.26.자 조선일보 기사에 보니
'빨간 마후라' 를 세상 최고로 알았던 남편만큼이나
망가지거나 흐트러지지 않고
꿋꿋하게 세상 헤쳐 나가는 장한 아내들
그들의 비련(悲戀)의 모임이 은나래회란다

"나 갔다 올게" 남긴 한 마디
아직 귓가에 맴돌고
어린 자녀 붙잡고 울부짖으며
바람소리에도 벌떡 일어나곤 하던 미친 듯 살아온 길

남편은 몸 바쳐 나라 지키고
아내는 맘 바쳐 가정 지키니
힘 내소서!
하늘의 상(賞)이 크리로다

지리산 종주

2009.8.3. 에 지리산 종주를 하였다
마음먹고 간절히 바랐더니
지리산종주(智異山縱走)를 이루었다
내 힘으로만 가려면 엄두가 나지 않더니
임과 동행하니 어디를 가든지 겁낼 것 없었다

밝아진 눈, 가벼워진 무릎, 솟아난 의욕
작은 가슴으로 넓고 포근한 엄마 품에 안겼다
보여주는 만큼 보고, 생각나는 만큼 생각하며,
서두르거나 멈추지 않고 걸었다

산은 산으로 이어지고 혼과 얼은 태고로 이어진다
힘들면 쉬고 저물면 자고 가려는 여유(餘裕)로
혼자 이야기 주고 받으며 걸었다
처음 보는 꽃이며 반겨주는 꽃들
고이 간직한 이야기 서슴없이 들려준다

벽소령(碧宵嶺) 산장에서 단잠 자고 걷다 보니
소리 없이 이루어진 구름바다 아름답다

나이 20대라도 열정 없으면 70대
나이 70대라도 열정 있으면 20대

모든 고통을 피하지 말라

2012.12.27. 정목스님의 KBS 아침마당 목요일 특강을 들었다

모든 고통에는 다 이유가 있으니
그 고통을 피하지 말고 밉든 곱든 받아들이라

고통을 저항하면 그 고통은 더 커지고
끝내는 고통의 노예가 된다

고통 속에 가르침을 배우라
고통은 혼자 다니지 아니하고 반드시 행복과 동행한다

마음 속에 들어온 고통을 이해하여 주면
엄청난 용기를 주어 행복하다

고통을 고통으로만 생각하면
분노가 생겨 폭력 우울증 자살 등 분노의 그림자가 따라온다

고통을 정화하려면
불끈하는 마음은 남의 것이니 내 마음대로 쓰지 말아라

이렇게 하라 참을 수 없는 지나간 날의 고통을 불러 앉히고
미안하다. 용서한다. 고맙다. 사랑한다

부모님 생각

아버지는 언제나 계실 곳에 계셔
논이면 논 산이면 산 어디서나
성현의 말씀을 일러주셨다

그림자처럼 따라다니시며 지켜보셨다
학교 다닐 때에는 교실 밖 복도에서,
서울민사지방법원 제17부 참여주사로
근무할 때에는 법정 안 방청석에서 보고 계셨다

젖 물고 어머니의 얼굴을 바라보니
땀 흐르는 모습 아직도 생생하고
시험에 낙방하여 실망하고 있을 때
한두 번이 무어냐 삼세 번이 있단다 용기를 주셨다

먼 길 떠나는 날이면 동구 밖에서
매사에 성급하지 말라 당부하시고
어둔 밤 언덕에 오르면 창문 열고 등불 저으시던 모습 생생하다

어머니는 달려가니 주무시듯 눈 감으셔
차가운 손 잡고 불효자의 눈물을 흘렸고
아버지는 손잡으시며 언짢은 일을 오래 품지 말라
당부하시며 운명하셨다

누우면 죽고 걸으면 산다

여느 때와 같이 광교산 걸어오려고 상광교 마을에 가는데
기사가 한 마디 한다
"누우면 죽고 걸으면 산다"

화타(華陀)라고 하는 한의사의 말이며
그 말을 듣고 열심히 걸어 건강을 회복하였다고 한다

"진짜 죽기도 전에 죽었다고 생각하지 마시오
관 속에서 살아나온 사람도 있소"
병마에 시달려 사색이 된 환자에게 희망을 주는 말이다

"침대는 병을 치료할 수 없다
환자를 침대에 가두어 둔 것이 서양의학의 가장 큰 실수이다"
(스웨덴 벵마르크 교수)

"요양한다고 자리에 누워있으면 반드시 죽지만
죽을 각오로 산길을 걷다 보면 절반은 살아날 수 있다"
이 말은 중국 후한 말에 관우의 불치병을 고쳐준 화타(華陀)라는
이름을 따라 한의사 김영길(1946년생)이 한 말로
많은 실험을 통하여 알아낸 참된 말이로다

제 2 부
하나님의 인류구원계획

하나님의 인류구원계획/ 고장 난 자동차/ 권세들에게 복종하라
거짓말 권하는 가족/ 잠언/ 의인은 그의 믿음으로 말미암아 살리라
부자는 천국에 들어가기가 어려우니라/ 요단강 건너가 만나리/ 설교를 알아들을 수 없어
단맛 쓴맛/ 하나님의 의란 무엇일까/ 하나님의 뜻이란 무엇일까/ 류성룡의 어머니 이야기
기쁨과 즐거움/ 헛제삿밥/ 엿장수 마음대로/ 황희와 거위
걸림돌과 디딤돌/ 한글의 뛰어남

하나님의 인류구원계획

"내가 너로 여자의 원수가 되게 하고
네 후손도 여자의 후손과 원수가 되게 하리니
여자의 후손은 네 머리를 상하게 할 것이요
너는 그의 발꿈치를 상하게 할 것이니라" (창3:15)

사탄의 유혹으로 죄 없는 사람이 타락하여
하나님과의 교류가 끊겨 저주와 고통 속에 처하게 되었지만
사랑의 하나님은 놀라우신 인류구원계획을 세우셨도다

하나님께서는 뱀과 여자와 원수가 되게 하셔
뱀의 후손은
여자의 후손 메시아의 발꿈치에 상처 정도 낼 것이나,
여자의 후손 메시아는
뱀의 머리를 상하게 하여 생명의 위험을 줄 것이다

하나님은 예수 그리스도를 세상에 보내시어
사탄의 정수리를 박살하고
우리가 혹 사탄의 유혹에 넘어갔다 하더라도
죄를 회개하고 예수 그리스도를 주로 믿으면
하나님의 나라 백성이 되도다

고장 난 자동차

자동차로 산속 외진 길을 지나다가
차가 고장이 나서 여기 저기 살펴보고
시동을 걸어도 아니 걸려 걱정이 되었다

자동차를 멈추고 다가와 도와주겠다 하기에
신사복을 입은 애송이 모습에 기가 막혀
노련한 자동차 수리공은 보고만 있었다

그 신사는 작업복으로 갈아입고 와서 살펴보더니
시동을 걸어보라 하여 기대 없이 걸었더니
자동차 시동이 걸려 깜짝 놀랐다

알고 보니 그분은 헨리 포드(Henry Ford)
바로 고장 난 자동차를 설계하여 만든 사람이다
누가 그 자동차에 대하여 더 잘 알겠는가

우리도 몸과 마음에 고장이 나기도 하는데
설계하여 만드신 하나님께 요청만 하면
달려오셔서 원래의 모습대로 돌아오게 하여 주신다

권세들에게 복종하라

"각 사람은 위에 있는 권세들에게 복종하라
권세는 하나님으로부터 나지 않음이 없나니
모든 권세는 다 하나님께서 정하신 바라" (롬13:1)

이 말씀은 권세들에게 절대적으로 복종하라는
말씀은 아니고
하나님은 나라를 세우는 일이나, 망하게 하는 일,
국민을 다스리는 일들을 다 섭리하고 계시니
그 권세에 대하여는 하나님께 맡기고 복종하라
권세자가 적법절차로는 바로 잡히지 아니해도
대립, 폭력, 외면, 아첨, 아부 등은 하지 말고
예언자와 같이 기도와 말씀과 행동으로 하라
하심이리라

"사람을 공의로 다스리는 자, 하나님을 경외하는 자여,
그는 돋는 해의 아침 빛 같고, 비 내린 후에 광선으로
땅에서 움이 솟는 새 풀 같으니라" (삼하23:3-4)
하나님께서 다윗에게 이렇게 일러주셨다

우리는 권세 잡은 자들에게 너무나 아부하여
불행한 경험을 많이 겪은 민족임을 명심하자

거짓말 권하는 가족

60에 치매 걸린 아버지를 위하여
어머니와 딸들이 서로 거짓말을 하기로 하였다

병원 가기 싫어하시는 아버지에게
"아버지! 우리도 모르게 세운 병원 한 번 둘러 보셔야죠"
선뜻 나서며 즐거워 하신다

체온 재는 것을 싫어하시는 아버지에게 간호사로 변장한 딸이
"회장님! 이 좋은 병원 세워 주시어
제가 간호사로 취직되어 고맙습니다"

입원치료를 거부하시는 아버지에게
"이렇게 좋은 병원에 의사, 간호사들 일하고 있는 것
이 방에 누워 살펴 보셔야죠!"
그래야지 하시며 즐거워 하신다

어머니와 세 자매의 거짓말 속에 지극한 정성과 사랑이 들어있어
짧지만 고통을 모르시고 기뻐 웃으며 가셨대요

*KBS 1TV '아침마당' 에서 노심화의 이야기를 듣고 쓴 글이다

잠언

"이는 지혜(智慧)와 훈계(訓戒)를 알게 하며
명철(明哲)의 말씀을 깨닫게 하며
지혜롭게 공의롭게 정의롭게 정직하게 행할 일에 대하여
훈계(訓戒)를 받게 하며
어리석은 자를 슬기롭게 하며
젊은 자에게 지식(知識)과 근신(謹愼)함을 듣고 학식이 더할 것이요
명철(明哲)한 자는 지략(智略)을 얻을 것이라" (잠1:2-5)

잠언(箴言/ 바늘 잠, 말씀 언/ proverbs)은
속담(俗談)이나 격언(格言)과 같이 선명(鮮明)한 일에 대하여
옛날부터 되풀이하여 내려온 진리(眞理)의 말씀이라 생각된다

해진 옷을 곱게 꿰매는 바늘과 같이
흩어진 마음을 바르게 다듬어 주고
아픈 고통을 고치는 침(鍼)과 같이
상한 마음 안정시켜 주는 하나님의 말씀이로다

"너는 네 우물에서 물을 마시며 네 샘에서 흐르는 물을 마시라"
(잠5:15)

"매를 아끼는 자는 그의 자식을 미워함이라" (잠13:24)

의인은 그의 믿음으로 말미암아 살리라

"보라 그의 마음은 교만하며 그 속에서 정직하지 못하나
의인은 그의 믿음으로 말미암아 살리라" (합2:4)
곧 쳐들어올 갈대아 군대를 눈앞에 둔 이스라엘 백성에게
선지자 하박국을 통하여 일러주신 하나님의 말씀이다

갈대아 군대는 하나님이 일으키신 군대인데
그들은 이를 모르고 자기들의 군대를 수호신으로 삼고
교만함과 어리석음에 빠져 있으나
머지않아 이스라엘을 구원하러 오시는 메시아를 믿는 자
곧 의인은 그의 믿음으로 멸망하지 아니하고 살리라
다시 말하면 옳게 믿는 자, 믿을 만한 하나님을 믿는 자는
멸망하지 아니하고 우왕좌왕, 이 사람 말 저 사람 눈치를 보지 않는다

사도 바울은 보다 깊고 오묘한 영적 의미를 깨달아 기록하였으니
"복음에는 하나님의 의가 나타나서 믿음으로 믿음에 이르게 하나니
기록된 바 오직 의인은 믿음으로 말미암아 살리라 함과 같으니라"
(롬1:17)
"또 하나님 앞에서 아무도 율법으로 말미암아 의롭게 되지 못할 것이
분명하니 이는 의인은 살리라 하셨음이라" (갈3:11)
하나님의 막대기에 불과한 핵무기를
수호신으로 알고 있는 녀석들이 가련하도다

부자는 천국에 들어가기가 어려우니라

"예수께서 제자들에게 이르시되
내가 진실로 진실로 너희에게 이르노니
부자는 천국에 들어가기가 어려우니라" (마19:23)

부자는 대개 세상에서 넉넉하여 안정된 삶을 살아
하나님보다는 재물을 더 의지하기 때문이다
재물에는 구원받는 길을 가로막는 위험이 많이 도사리고 있다
예수님도 "너희가 하나님과 재물을 겸하여 섬기지 못하였느니라"
(마6:24)라고 하셨다

6.25때 인민군들이 쳐들어와 논과 밭을 가진 농민들을
'부르주아' 라고 하면서 죄인 취급을 하였는데,
또 지금은 재벌은 죄를 범하여 된 자들이니
재벌 때문에 내가 가난하게 산다고 말하는 사람이 많다

자본주의 사회에서 기업을 운영하여 많은 사람들을 고용한 공로는
노동자의 공로냐 가난한 자의 노력이더냐

재물이 많으면 천국에 들어가기 어렵다 하신 참된 뜻은
재물이 많으면 옳지 못한 곳에 쓰려는 유혹이 가난한 자보다 많아
이를 경계하시려고 하신 말씀이다

요단강 건너가 만나리

"해보다 더 밝은 저 천국 믿음 가지고 가겠네
믿는 자 위하여 있을 곳 우리 주 예비해 두셨네
며칠 후 며칠 후 요단강 건너가 만나리" (찬송가 606장)

어린 시절부터 생생하게 떠오르는 막내 누님의 모습
치미는 슬픔 못 참는데 이처럼 감싸주시는 손길
사랑하시는 주님의 따스한 손길이로다

험난한 세상에서도 반석 같은 짝을 만나
아들 딸 며느리 사위 손자손녀와 잘 사시다가
곱게 가시는 사랑하는 누님!

어머니의 모습 꼭 빼어 닮게 살아온 좋으신 분
성균관장의 효부상(孝婦賞)이 세상에서의 자랑이로다
며칠 후 요단강 건너가 뵙겠습니다

*막내 누님 송옥연(宋玉鷰, 1934.1.29.~2016.1.14.)은 맹증재(盟曾在, 1931.12.24.~)와 결혼하여 정내(丁奈), 태호(太鎬), 문호(文鎬), 정운(丁云), 부호(夫鎬) 2남3녀를 두었다.

설교를 알아들을 수 없어

설교를 알아들을 수 없어
여러 주일 기도하며 알아들으려 노력하였으나,
내 실력 내 믿음으로는 감당할 수 없어
생전에 자상하게 설교하여 주신
이태선 목사님 성묘를 하고 돌아서는 순간
"얘야, 찬송이나 실컷 불러라
찬송 속에 말씀도 들어있고 기도도 들어있다!"

일러주심 따라 음정 박자 맞추지 못해도
남 따라 맘대로 부르며
바닷가, 들판으로 자동차 가는 대로 다녀 보았다

파도소리, 새소리, 흰구름, 고운 노을, 무르익은 오곡백과,
지나간 힘들었던 일, 기뻤던 일들이 이어지는 가운데
보이고 들리며 생각나는 모든 것들이
하나님의 말씀을 자상하게 설명하여 가르쳐 주었다

하나님의 말씀을 성경에 기록된 대로만 일러주어도
알아들을 수 있다
성경은 사람이 쓴 글이 아니고
성령의 감동을 받아 기록된 하나님의 말씀이기 때문이다

단맛 쓴맛

단골 메밀막국수집에 가서 기다리는 동안
'효도(孝道)' 라 쓴 글자 아래 작은 글자로 두 줄이 있어
다가가 보았다

"부모는 쓴것만 먹어서 단맛을 모르고
자녀는 단것만 먹어서 쓴맛을 모른다"

이제 부모에게 단맛을 알려드리는
효자(孝子), 효녀(孝女)가 되라는 말씀일까

소학교 1학년 때 해방이 되고
6학년 때 전쟁과 흉년으로 몸과 마음에 새겨진 쓴맛

정성들인 귀한 음식 흘릴까 조심하여 먹는데
내 것이 되었다는 듯 뒤적이며 다 먹지도 않네

기쁠 때에는 슬플 때를 생각하여 웃음 아끼고
슬플 때에는 기쁠 때를 기대하고 눈물을 아끼라
옛 어르신들 들려주신 귀한 말씀 알고나 있을까

하나님의 의란 무엇일까

하나님의 의(義)란
하나님이 하시고자 하는 마음에 들어맞는 완전하고 온전하심이다

예수님은 율법을 완전하게 하는 것이 하나님의 뜻이라 하시며
율법에 살인하지 말라 하였으나
더 나아가 형제에게 노하지 말라는 등 말씀을 하시며
이렇게 한즉 하나님의 아들이 되리니
하나님은 태양빛을 악인 선인 가리지 아니하고 비추시며
비를 의로운 자와 악한 자에게 내려주심과 같으니라(마5:17, 21-48)
이것이 하나님의 옳고 바르신 뜻이니라 하시었다

옛적에 정하신 뜻대로 성실함과 진실함으로 행하신다(사25:1, 히6:17)
그의 경영은 기묘하며 지혜는 광대하시다(사28:29)
책략이 크시며 하시는 일에 능하시며 인류의 모든 길을 주목하시며
그의 길과 그의 행위의 열매대로 보응하신다(렘32:19)
예수님의 피를 화목제물로 세워 우리의 죄를 간과하신다(롬3:25)
긍휼과 은혜와 인자하심이 풍부하시고 노하기를 더디 하신다(시103:8)
우리의 죄를 따라 처벌하지 아니하시며
그대로 갚지도 아니하신다(시103:10)
이것이 하나님의 의(義)이니 품으신 마음이시다

하나님의 뜻이란 무엇일까

하나님의 뜻이란
하나님께서 마음 속으로 하시고자 하는 일로
우주만물 중에 우리를 사랑하고 계심을
우리가 깨닫기를 바라심이리라

예수님에게 주신 자들 중에 하나도 잊어버리지 아니하고
마지막 날에 다시 살리시는 일(요38:39)
우리가 거룩하기를 바라심이니
음란을 버리고 거룩하고 존귀하길 바라시는 일(살전4:3-6)
항상 기뻐하고 쉬지 말고 기도하며
범사에 감사하길 바라심(살전5:16-18)
모든 사람이 구원받고 진리를 아는 데에 이르기를 원하심(딤전2:4)
우리의 죄를 오래 참으사 아무도 멸망하지 아니하고
다 회개에 이르기를 원하심(벧후3:9)
긍휼이 많으시고 은혜로우시며 노하기를 더디 하시며
인자(仁慈)가 풍부하심(시103:8)
우리의 죄에 따라 처벌하지 아니하시고
그대로 갚지도 않으심(시103:10)
그리스도께서 이미 육체의 고난을 받으셨으니 정욕을 따르지 말고
하나님의 뜻을 따라 육체의 남은 때를 살기를 원하심(벧전4:1-2)
이것이 하나님께서 우리를 위하여 품으신 마음이니
우리는 하나님의 뜻을 알아 새롭게 변화되자(롬12:4)

류성룡의 어머니 이야기

류성룡(柳成龍)의 어머니가 아직 잉태하기 전에
당시 남자들만 나설 수 있는 나라 일을 걱정하며
거리에 나가서 왜적들을 무찌르라고 외쳤다

어느 날 스님이 "여자로서 할 수 있는 일이 있어요
지금이라도 그와 같은 아들을 낳으면 되는 것이요!" 하는 말을 들었다
그는 그의 마음을 이어줄 아들을 달라고 공을 드리니 잉태하여 해산
하려고 친정에 왔더니 아버지가 이 땅은 훌륭한 사람이 태어날 좋은
땅이니 너희 류씨 후손을 낳게 해선 아니 된다며 거절하자 풍산 깊은
산 속에 숨어 해산을 하였다

태어난 아들이 자라면서 학문을 배우고 영특하여 흐뭇하게 생각하며
어느 날 서당에 가는 아들의 뒤를 따라가다 보니
아들이 잡배들과 모의를 하고 있어 깜짝 놀라 추궁을 하니
아들이 "어머니! 백성을 잘 다스리려면 먼저 세상물정을 알아야 하
기 때문이오니 걱정하지 마세요" 한다
그때부터 꿈을 이루어달라고 성룡(成龍)이라 불렀고
그는 영의정이 되어 선조 때 임진왜란이 나자,
권율(權律)과 이순신(李舜臣)을 천거하여 왜적을 무찌르게 하였다

기쁨과 즐거움

기쁨은 오래 기다리던 일이 이루어져 마음이 시원한 상태이니
마음 속으로부터 우러나오는 것이다
즐거움은 마음에 흥이 밖으로 나와
온몸이 절로 춤을 추게 되는 것이다

공부자(孔夫子)님은
"學而時習之 不亦說乎 有朋自遠訪來 不亦樂乎"
배운 것을 쉬지 말고 때때로 익히면 기쁘고
멀리서 벗이 오면 이 또한 즐겁지 아니한가
라고 말씀하셨다

습(習)이란 한자가 날개우(羽)자와 흰백(白)자이니
배운 것을 읽고 읽어 하얗게 바래도록 읽어
깊은 뜻을 깨달으라는 뜻이 들어 있다

공부자(孔夫子)께서 말씀하셨다
"知之者 不如好之者 好之者 不如樂之者"
알기만 하는 사람은 좋아하는 사람만 못하고
좋아하는 사람은 즐기는 사람만 못하다

기뻐하고 즐거워하자 영생을 누릴 날 멀지 않다

헛제삿밥

경북 안동에 가서 볼일을 마치고 돌아오려고
택시를 타고 버스터미널로 가면서 점심때가 넘어
기사에게 안동에서 점심을 먹고 싶은데 알려달라고 하였다

안동댐 부근의 기와집들이 즐비한 동네
음식점을 들어가니 주인 아주머니가
헛제삿밥을 먹으라고 하여 상을 받았다

떡, 한과류, 부치기, 그리고 가양주에
밥과 국을 차린 상을 앞에 놓아
둘러보며 헛제삿밥에 대하여 물어보았다

제사를 지내지 않고 상에 올리는 제사 음식을 장만하여
제사가 없어도 가족과 친지들이 차려 놓고 먹으며
밤이 깊도록 이야기 나누며 즐겼다고 한다

사람이 마음 먹고 하는 일은 헛된 것이 없으니
친지들과 나누어 먹고 싶을 때
조상님께 제사올리는 정성으로 음식을 만들어
나누어 먹으니 그 얼마나 기쁘고 즐거운 산제사일까

엿장수 마음대로

2012.12.22.
광교저수지변 쉼터에 엿장수가 엿을 팔고 있다

엿을 샀더니 푸른 색 엿을 덤으로 주어
얼마나 남는다고 이러냐며 사양을 하였다

"엿장수 마음대로라" 며 주머니에 넣어준다
아차! 그렇구나, 엿장수 마음대로구나

목판의 엿을 크게 쪼개든 작게 쪼개든
엿가락을 굵게 뽑든 가늘게 뽑든
엿장수 마음대로지
그 푸짐한 엿이 엿장수 마음대로였지

엿장수뿐이랴 그 시절에는
다들 오가는 정 후덕하였지

어쩌다 이리 되었는지
힘 많은 자 제 마음대로구나

젊은 여인의 무심코 나온 말
슬기로운 옛 어른의 말씀이로다

황희와 거위

초등학교 1학년 때부터 매주 화요일이면
역사특별활동을 하는 외손자 윤지혁이
오늘은 황희에 대하여 공부하였는데
잘 알 수가 없다고 하여 일러주었다

황희(黃喜, 1363~1452, 고려 공민왕 12~조선 문종 2)는
조선 초기에 이름난 재상이었다
조선 태종의 극진한 예우를 받았고
세종 때 영의정을 하였다
성품이 너그럽고 인자하며 공직생활을 깨끗이 하여
청백리(淸白吏)로 후세에 이름이 났다

그가 젊은 날 어느 집 대문에서 밥을 얻어 먹고 있는데
거위 한 마리가 땅에서 무엇인가를 콕 찍어 먹는 것을 보았다
주인 아주머니가 황희에게 떨어진 구슬을 보았느냐고 하여
못 보았다고 하였다더니
그 여인은 당신이 감춘 것이 분명하니
관가에 일러 잡아가라고 한다며 기둥에 묶어 놓았다

황희가 저 거위도 내 곁에 매어 놓아 멀리 가지 않게 하라 했다
하룻밤을 자고 나니

거위가 똥을 쌌는데 그 속에 구슬이 보였다
주인에게 말하였더니
왜 어제 말하지 아니하였느냐고 하여
이렇게 하여 죄 없는 거위를 살렸다고 말하여
후세에 사람들에게 많은 가르침이 되었다고 일러주었다

걸림돌과 디딤돌

법현스님(민병도 스님)의 말씀이 떠오른다
“좋은 돌이라도 제자리를 못 잡으면 걸림돌이다
설령 좋지 않은 돌이라도 제 자리를 잘 잡으면 디딤돌이 된다
걸림돌을 돌의 문제로 생각하는 사람은 돌을 쪼아대지만
위치의 문제로 생각하는 사람은 돌을 옮겨 디딤돌로 만든다”

“길을 가다가 돌이 나타나면
약자는 그것을 걸림돌이라 하고 강자는 디딤돌이라 한다”
토마스 카알라일의 말이다

신부님들이 이 말씀을 강론 주제로 많이 삼고 있다

세상을 살아가면서 우리는 하루에도 몇 번씩
수많은 삶의 돌을 만난다
그때마다 돌을 대하는 마음가짐에 따라 결과는 달라지는데
그 돌을 어떤 사람은 걸림돌이라 하고
또 다른 사람은 디딤돌이라고 한다

사람과 하루를 동행하면서도
그 사람이 걸림돌이 되기도 하고, 디딤돌이 되기도 하는구나
하나님이 함께하시는 사람은 모두 디딤돌이다

한글의 뛰어남

초등학교 2학년인 외손자 윤지혁이
어린이집에 다닐 때에는 호기심상을 받았고
유치원 때에는 생명연구반에 들어 올챙이를 유리병에 길러보더니
초등학교에 들어가서는 역사탐방활동을 하면서
최근에는 세종대왕께서 한글을 새로 만드셨다고 하여
한글이 얼마나 뛰어난 글자인가 신나게 설명을 하여 주었다

한글이 없을 때에는
하늘을 하늘이라고 쓸 수 없어 하늘이라는 뜻의 하늘 천(天),
사람을 사람이라고 쓸 수 없어 사람이라는 뜻의 인(人),
땅을 땅이라고 쓸 수 없어 지(地),
아버지는 부(父), 어머니는 모(母), 아들은 자(子),
마을은 동(洞), 나라는 국(國), 임금은 왕(王), 해는 태양(太陽),
달은 월(月), 별은 성(星)이라 썼다

한글은 세계 여러 나라 중에 자기 나라의 글자가 없는 나라에서
우리 한글을 빌려다가 그들의 말을 소리 나는 대로 한글을 사용한다
미국에 영어가 없었다면 영어 'hand' 를 한글로 '핸드' 라고 썼을 것이다

인류가 만든 것 중에 그 효과를 많이 낸 것을 유엔총회에서
세계문화유산으로 정하기로 하였는데
2012년에 우리 한글이 세계문화유산으로 지정이 되었다

제 3 부
잊지 못할 약속

잊지 못할 약속/ 내가 겪은 6.25의 교훈/ 비키섬
어머니의 설교/ 나라의 위기를 두 번이나 물리친 퇴계와 율곡/ 여기산
알려고 하는 자/ 방화수류정/ 양사언의 어머니/ 세 임금이 이름 지은 산 셋이 있는 수원
발명의 날/ 달아달아 밝은 달아/ 자작시를 읽으면/ 혼자 두는 바둑
꿈에 만난 두 의사/ 격려/ 하나님의 시험과 사탄의 유혹
하나님의 그 크신 사랑/ 단군신화와 창세기

잊지 못할 약속

1989.12.8. 서울고등법원 접수실장으로 있을 때(52세)
창안 동상(銅賞)을 받았다
그 부상은 동남아시아 사법시찰(4박 5일, 1990.12.28.~1991.1.4.)이다

내 사정을 알고 있는 경리계장을 찾아가 그 여비 350만원을 달라며
아침이면 아이들이 시험지대를 달라고 아우성에
집사람은 이 집 저 집 꾸러 다니네 하였더니
여행을 일단 갔다 와서 쓰고 남은 돈 중에 350만원이 넘는 돈은
나에게 주겠느냐고 하여
내가 무슨 수단이 있어 싼 물건을 사와 이득이라도 생긴단 말인가
하며 약속을 했다
여행 갈 날이 다가오자 법률신문에 대법원에서 은상과 동상을 받은
2명에게 동남아 사법시찰을 보낸다는 기사가 나가자
대법원, 서울민사지방법원, 서울형사지방법원, 가정법원
원장, 부장판사, 사무국장, 총무과장을 비롯한 각 과장들이 보내주는
'축 장도' 축의금을 받아 350만원 이외의 돈은 내 통장에 넣었다

아무리 약속을 한 것이지만 아까워 고심 끝에
할 수 없이 점심식사를 하면서 돈을 내어주었다
그가 받고서 내가 이 약속을 한 것은 가지 않으면 이 많은 축의금을
받지 못할 것을 알고 한 것이라며 돌려주었다

내가 겪은 6.25의 교훈

해방 되자 절제 없는 자유(自由)로 혼란에 빠졌다
온갖 젊은이들은 물론이요 시골 농부며 머슴들까지
다 같이 잘 살게 된다는 공산주의(共産主義)에 빠져 버렸다

내가 초등학교 6학년이 되자마자 6.25가 터지니
4학년부터 6학년까지 그리도 잘 가르쳐 주신 이종혁(李鍾爀) 선생님이
4.5.6학년 학생들을 느티나무 아래로 모으더니
돈이 없어도 김일성(金日成)대학에 들어가는 좋은 세상이 되었다며
놀라운 이야기를 하였다

집에 와 보니 머슴들이 흰 천에 붉은 글씨로 '자위대 대장(自衛隊 隊長)' 이라고 쓴 완장을 왼쪽 팔에 차고는 거들떡대었다
남의 논과 산과 밭을 소작하던 사람들은 주인을 '부르주아' 라 하며 인민재판을 열어 무죄한 자들을 처참하게 죽이고 잡아넣고 주인의 논밭을 빼앗았다 그리고 남북전쟁은 휴전으로 멈추었다

그러나 6.25전쟁으로 인하여 공산당의 악랄한 정치를 알게 되었다
당시 세계적으로 알려진 김일성(金日成)은 남한 공산화에 공을 세웠던 남로당 박헌영을 제거한 악랄한 독재자임과 공산주의에 대한 불신이 불같이 일어나 김일성은 고립되고 그 뒤를 이은 아들과 손자마저도 지도력을 잃고 세계에서 유일하게 남은 공산주의 독재국가가 되었다

비키섬

경기도 화성시 마도면 청원리에 비키섬이 있는데
바로 개를 건너면 내 고향 남양이라 어려서부터 알고 있다
그러나 문헌에서 찾아보려고 하였고 주민들에게 물어 보았으나
찾지 못하여 알 수 없어 궁금하였다

궁평리에서 오다가 바다가 육지가 된 길로 비키섬을 가서 둘러보니
사람이 살던 모습은 보이지 않고 최근에 근처 공장 사람들이 만든
원두막 정도가 있어 올라가 쉬면서 곰곰이 생각을 하여 보았다

몇 번째 갔을 때 지형을 살펴보던 중에 알게 되었다
산으로 된 이 섬이 청원리 안동네로 들어오는 바닷물을 막아 비키게
하였으므로 수류지(水留池)라는 동네 즉 물이 늘 머물러 있는 못과
같은 동네가 되어 비옥한 농경지가 되었으니

두 개의 봉우리가 있는 큰 산이 바닷물을 밀어 비키게 하여
샘물이 고여 비옥한 전답이 생기게 하였으므로 비키섬이라 부르게
된 것이라 확신이 된다

어머니의 설교

아버지와 네 아들이 모두 목사인 집에서
어느 날 아버지가 아들들에게
우리들 중에 누가 설교를 잘하느냐 물었다

아들들이 망설이고 있자
아버지가 말을 하였다
어머니의 설교이니라 하셨다

어머니는 잉태하기 전부터
잉태하여서도
하나님의 말씀을 순종하는
아이를 낳게 하여 달라고 하나님께 기도하고
낳아서 젖을 빠는 아이의 얼굴을 보며
하나님의 말씀을 설교하였으니
어머니의 설교가 제일 잘하신 설교요
훌륭하신 설교였구나

나는 어려서 베틀에 앉아 길쌈하시는
어머니와 할머님께서 하나님의 사랑을 알려 주셨으니
이것이 바로 어머니의 설교로구나

나라의 위기를 두 번이나 물리친 퇴계와 율곡

광교산 음식점 한 아주머니가 퇴계의 후손이라며
퇴계(退溪) 이황(李滉)께서 어느 날 일진(日辰)을 보시고
임금에게 큰 위험이 닥칠 징조(徵兆)라
말을 타고 서둘러 입궁하자 마침 수라상이 들어가고 있어
이 상을 빼앗아 개에게 던지니
개가 먹고 그 자리에서 죽었다는 이야기를 들었다

또 율곡(栗谷) 이이(李珥)는 장성하여
임진강 변에 화석정(花石亭)을 짓고 즐겨 오르며
기름걸레로 닦곤 하다가
후손에게도 계속하여 나라에 큰일이 생기면
화석정에 불을 붙이라 하였다

선조 때 임진왜란이 일어나자
임금님이 의주로 급히 피하시려는데
마침 임진강(臨津江)을 맞닥뜨리게 되었다
칠흑 같은 어둠으로 강을 건너기 어렵게 되자
율곡 선생이 전하여 준 퇴계 선생의 유언이 생각난 이항복(李恒福)이
봉투를 열어보니
그 봉투 속에 "화석정에 불을 지르라" 고 써 있었다

불을 붙이니 대낮같이 밝아
무사히 건너가 위기를 면하였다

젊어서 화석정을 둘러보며
강 건너 완충지대와 북한땅을 바라보고
율곡 이이(栗谷 李珥)의 어린 시절의 시를 읽어 보았다
반달을 윤월(輪月),
굴러가는 수레바퀴 같다는 표현이 재미있었다

여기산

경기 수원 서둔동에 여기산(麗妓山)이라 부르는 산이 있다
이 산에서 선사시대 사람들이 살았던 흔적이 남아
당시 온돌방에서 살았으며 탄 볍씨가 나와
벼농사를 지었다는 것을 처음으로 알게 되었다

정조대왕은 농업용 저수지를 만들어 만석보라 이름하여 이 물로
넓은 수원평야를 비옥하게 하였다

왜정 때에도 농업전문연구기관이 있었고
그 뒤를 이어 수원농대를 세워 농업연구에 몰두하였으니
박정희 대통령 때 유달영 박사는 농촌발전을 위하여 벌인
새마을운동에 혁혁한 공을 세워
산천은 푸르고 농촌은 살기 좋게 되었으며
대통령은 호주에 4H 청년지도자들과 함께 가서 양 기르는 방법과
양젖의 가공방법을 배워 굶주리는 어린아이들을 배불리 먹여
튼튼하게 자라 새 나라의 일꾼이 되게 하였다

서로를 지팡이 짚고 걸으며 여기산을 바라보니
그 능선의 모습이 덕성스러운 여인의 눈썹과 같이 아름답구나
여인의 아름다운 부분은 발뒤꿈치와 눈썹이기에
우리 조상들이 버선을 지어 발뒤꿈치를 치장하였고,
눈썹을 잘 관리하여 무성하면 덕망이 있고 믿음직하게 보인다 하였다

알려고 하는 자

사람은 누구나 무식한 상태로 세상에 태어나
한 가지씩 알려고 하는 사람에게만 알게 지으셔
마침내는 하나님 다스리시는 하늘나라를 알게 하시고
살아서도 세상에 하늘나라를 살 수 있게 하여 주신다

알려고 하지 아니하는 자는
영원하신 하나님의 도움을 받지 못하여
무식한 상태 그대로 한 세상을 마치게 되리라

하나님께서 친히 사람의 모습으로 오셔
십자가에 죽으시는 고통을 받으시면서까지
이것을 사람들이 알게 하기 위하여 하신 말씀과
이 말씀을 듣고 깨달은 제자들이 전하여 주는 말씀이
구약과 신약의 내용이다

알려고 하는 자들이 즐겨 찾는 산길을 걸으면
하늘, 나무들, 새들의 가르침이 계속되고
바위도 침묵으로 이러한 진리를 일러주고
운 좋은 날이면 이러한 사람도 만난다

방화수류정

방화수류정(訪花隨柳亭)은 수원에 있는
화성(華城)의 북문(長安門)과 동문(蒼龍門) 사이
야트막한 봉우리 위에 있는 아름다운 정자이다

바로 밑에는 용지(龍池)가 있어 밤낮 없이 사람들이
밤이면 달구경, 낮이면 잔잔한 호수에 새들을 보며
시인은 시를 지어 읊으며 젊은이는 노래를 부른다

개울물 가로질러 다리를 놓아 일곱 문을 만들어
화홍문(華虹門)이라 부르니
일곱 고운 색이 무지개 되어 아름답다

중국의 시인 정호(程顥) 형제의 시구절(詩句節)
'방화수류(訪花隨柳)' 를 따라 냇가에 버드나무 심었으니
꽃구경을 왔는데 버드나무까지 구경한다는 뜻이다

정조대왕 화성을 쌓을 때 군사시설(軍事施設)이면서
아름답게 조화를 이루어 백성들의 휴식처로 삼게 하였으니
꽃을 보며 버드나무 길 지팡이 짚고 즐겁게 읊으며 걷는다

양사언의 어머니

양사언(楊士彦)의 어머니 송환정(宋環貞)은
양희수(楊希洙)의 소실로 들어갔기 때문에
양사언이 서자(庶子)라 재능은 있어도 과거에 응시를 못함이 안타까워
어머니는 남편의 상을 당하자 아들을 위하여 자결(自決)을 하였다
남편과 함께 장례를 모시게 되자
장자이며 형인 양사준(楊士俊)과 동생 양사기(楊士奇)
그리고 서자 양사언 삼형제가 상주(喪主)로 조문(弔問)을 받았다
서자의 신분을 면하게 되어 과거에 응시하여 급제하였다
함흥, 평양, 강릉 등 여러 고을의 원님을 지내고 회양군수 때에는
금강산(金剛山)에 자주 가곤 하였단다

"태산이 높다 하되 하늘 아래 뫼이로다
오르고 또 오르면 못 오를 이 없건만은
사람이 제 아니 오르고 뫼만 높다 하더라"

금강산 만폭동(萬瀑洞)에 가니
"봉래풍악원화동천(蓬萊楓嶽元化洞天)" 이라고
그의 필적(筆跡)이 암반 위에 새겨 있었다

*양사언(楊士彦, 1517~1584) : 호는 봉래(蓬萊), 조선시대의 문신이며, 안평대군(安平大君), 한호(韓濩)와 함께 시인이며 명필가이다

세 임금이 이름 지은 산 셋이 있는 수원

광교산(光敎山)
왕건(王建)이 아직 태봉의 궁예(弓裔) 밑에 장수로 있을 때
후백제 견훤(甄萱)을 물리치고 돌아오는 길에
수원의 읍치에서 노인잔치를 여니 노인 한 분이
광악산을 가리키며 깊은 밤 서기(瑞氣)가 서려 올라간다 하니
광화영기(光華靈氣) 교훈무궁(敎訓無窮)
고운 빛 신령한 기운은 가르침에 끝이 없는 산이라며
광교산(光敎山)이라 부르라 하였다

팔달산(八達山)
조선 태조 이성계(李成桂)가 고려 때 훌륭한 관료(官僚)
이고(李皐)를 초빙(招聘)하여 벼슬을 주려고 사람을 보냈더니
새벽에 탑산(塔山)에 올라 사방을 둘러보면 막힘이 없어 좋고
조반을 먹고 개울에 낚시를 하면 세상 근심걱정 사라지고
밤엔 남녀노소 모여앉아 권선징악을 일러주면 즐겁다는 보고를 받고
탑산을 팔달산(八達山)이라 부르도록 하였다

숙지산(熟知山)
정조(正祖)대왕이 화성(華城)을 쌓으면서 조금 떨어져 있는 산이
아름다워 성안에 넣으려고 신하에게 산 이름을 물으니
신하들이 공사비 걱정에 '죽지산(竹旨山)' 이라고 불손한 대답을 하여
임금은 그래도 알려고 거듭하여 물어서 숙지산(熟知山)이라 부른다

발명(發明)의 날

금년 발명의 날이 54회라고 한다
내가 남양고등학교 3학년 때인
1957.5.19. 제1회 발명의 날에 상을 탔다

삼각측량기를 발명하여 상을 탄 것이다
내용은 삼각형의 밑변의 양 끝에 생긴 각도로
밑변에서 꼭짓점까지의 거리를 측량하는 기계이다

이것은 바로 각종 총포의 사정거리를 잴 수 있고
더 나아가서는 날아오는 미사일을 반격할 수 있는 것이다

그 후 나는 법원일반직으로 근무하면서
근무에 도움이 되는 여러 가지 창안을 하여
10여 년 동안을 계속 창안상을 탔다
대법원에서 동남아시아 사법시찰을
1990.12.28.~1991.1.4.
태국, 싱가포르, 홍콩, 마카오, 중국을 다녀왔다

외손자 윤지혁이 학교에서 선생님에게
'발명의 날' 에 대한 이야기를 듣고는
선생님에게 저는 걸어오는 리모컨을 발명하겠다고 했다기에
그래 그와 같은 생각이 발명을 하도록 하는 것이라고 했다

달아달아 밝은 달아

우리 할머니 5살 어린 나를 데리고
밝은 달 보며 아장아장 걸음마 따라

"달아달아 밝은 달아 이태백이 놀던 달아
저기저기 저 달 속에 계수나무 박혔으니

옥도끼로 찍어내어 금도끼로 다듬어서
초가삼간 집을 짓고 양친부모 모셔다가
천년만년 살고지고"

할머니 일러주신 말씀 따라 살아온 날을 돌아보면
곁길 피하여 낮에는 해님 따라 밤이면 달님 따라
험하고 거친 세상을 순탄하게 걸어가고 있나이다

어서 가서 할머니 따뜻한 품에 안겨 이야기 들어야지
오늘도 할머니 혼자 하늘에서 빌고 계시겠구나

그리운 우리 할머니 동막댁(東幕宅) 할머니
순홍 안치옥(順興 安致玉, 1867~1948.12.22.)
동네 모든 사람들의 사랑을 받으신 할머니시어라

자작시를 읽으면

한국문인협회에서 보내주는 월간지, 계간지,
그리고 시인들이 보내주는 시집을 받아 읽으면
어려운 것이 많아 시인과 공감을 못한다

자작시를 다시 읽으면
시를 지을 때의 기억이 생생하고
생각조차 못한 좋은 생각이 떠오른다

나이 들어 지난날에 상재한 시집 22권을
첫 권부터 읽는 재미로 긴 밤을
기쁘고 즐겁게 살아간다

다른 시인의 시를 읽느라고 애쓰는 것보다
내가 지은 시를 읽으면 그때의 내 심정이 떠올라
다시금 기쁘고 즐겁다

또 다른 시인의 시와 비교도 되어
더 나은 시를 쓰려고 노력하게 되고
점점 아름다운 시를 짓게 된다

혼자 두는 바둑

혼자 두는 바둑도 재미가 있다
늘 백을 잡게 되는데
두면서 말로 다투지 아니하여 좋다

상수이든 하수이든
물르기를 좋아하는 사람과 두면
재미가 없다

마음이 혼잡할 때
혼자라도 바둑을 두고 나면
평안을 되찾게 되어 기쁘다

무슨 일을 할까 망설일 때
바둑을 두며 생각하면
차분히 찾게 되어 좋다

시(詩)의 구상도
바둑을 두며 이루어지고
시가 잡히면 기쁘고 즐겁다

꿈에 만난 두 의사

무더위 속에 단잠을 6시간이나 자고
아침 10시 반에 깼다

그 단잠 속에 두 사람의 의사를 만나
주거니 받거니 이야기를 나누었다

남자 의사와 젊은 의사
모두 공감을 하며 이야기는 이어졌다

사람을 살려주는 의사와
지레 죽여주는 의사가 있다고 하니
다그쳐 묻는다

X-ray 찍어도 보지 아니하고
담석증이라며 수술해야겠다는 의사는
사람을 지레 죽이려는 의사요

걱정 마세요 이대로만 견디면 더 심하여지지 않아요
라고 하는 의사는 사람을 살리는 의사이다

의사란 주사나 약으로만 치료하지 않고
말 한 마디로도 치료를 한다고 했다

격려

"아시아에 있는 모든 사람이 나를 버린 이 일을 네가 아나니
그 중에는 부겔로와 허모게네도 있느니라
원하건대 주께서 오네시보로의 집에 긍휼을 베푸시옵소서
그가 나를 자주 격려(激勵)해 주고
내가 사슬에 매인 것을 부끄러워하지 아니하고
로마에 있을 때에 나를 부지런히 찾아와 만났음이라" (딤후1:15-17)

격려는 다른 사람이 잘 했을 때에도, 잘못 했을 때에도 할 수 있다
격려를 받으면 잘 했을 때에는 의욕을 얻어 더욱 잘 하고 되고,
잘못 했을 때에는 용기를 얻어 더욱 잘 하게 된다

격려는 책망보다 낫다
격려를 통하여 하나님의 긍휼하심과 인자하심과 세상 고통을 견디며
살아갈 희망과 용기를 얻게 되는 것이다
주님이 내게서 떠나게 하셨으나 주님의 뜻대로 하소서 하면
유쾌한 치유(治癒)의 은혜(恩惠)를 받는다

격려는 잘못 했을 때에 하여도 욕이나 조롱이 되지 않는다
잘 했을 때에 격려해 주면 더욱 용기가 나서 기쁘고
잘못 했을 때 격려해 주면 따스한 고마움에 눈물 뜨겁다

*수원제일감리교회 박성영 담임목사의 설교를 듣고

하나님의 시험과 사탄의 유혹

하나님의 시험보다 사탄의 유혹이 먼저 있었다
"뱀이 여자에게 이르되 너희가 결코 죽지 아니하리라
너희가 그것을 먹는 날에는 너희 눈이 밝아져
하나님과 같이 되어 선악을 알 줄 하나님이 아심이니라
여자가 그 나무를 본즉 먹음직도 하고 보암직도 하고
지혜롭게 할 만큼 탐스럽기도 한 나무인지라
여자가 그 열매를 따 먹고 자기와 함께 있는 남편에게도 주매
그도 먹은지라" (창3:4-6)
사탄은 사람을 타락시키려고 유혹을 하고 있다
연약한 여자는 이 유혹에 빠지고 만다

"그 일 후에 하나님이 아브라함을 시험하시려고 그를 부르시되
아브라함아 하시니 그가 이르되 내가 여기 있나이다
여호와께서 이르시되 네 아들 내 사랑하는 아들 이삭을 데리고
모리아 땅으로 가서 내가 네게 일러준 한 산 거기서 그를 거기서
번제로 드리라" (창22:1-2)
하나님은 사람을 살리기 위하여 아브라함에게 아들 이삭을
번제로 바치라고 시험하였더니 이에 순종하여 큰 복을 주셨다

이 힘든 육신의 고통도 나의 능력을 시험하심이라 믿고
하나님의 자녀가 되는 영원한 영광으로 살리라

하나님의 그 크신 사랑

불면 날아갈까 만지면 터질까
거센 바람 견디고 갖은 고통 이겨내며
굳건하게 살라는 어머니의 사랑

그보다 더 크신 하나님의 사랑을 보라
그 크신 사랑을 깨닫고 살아가는 삶이
우리가 하나님을 사랑하는 것이리라

옛 선지자 예언자를 보내어 일러주셨건만
사람들은 그들의 말을 듣지 아니하여
하나님은 사람의 옷을 입고 오셔 말씀하셨으나
사람들은 그를 골고다 산 위에 십자가에 묶어 죽였다

아담과 하와의 원죄(原罪)를 물려받은
우리는 하소연할 곳 없는 더 큰 죄를 스스로 범한
모두가 죄인들이로다
이를 아는 것이 하나님을 사랑하는 삶이리라

단군신화(檀君神話)와 창세기(創世記)

옛날에 환인(桓因)의 서자(庶子) 환웅(桓雄)이 인간세상을 구하고자 하였다 아버지가 아들의 뜻을 알고 삼위태백(三危太伯)을 내려다보니 인간을 널리 이롭게 할 만한지라 이에 천부인(天符印) 세 개를 주어 다스리게 하였다

환웅이 무리 삼천을 이끌고 태백산(太白山) 꼭대기에 신단수(神壇樹) 아래에 내려와 신시(神市)를 여니 환웅천왕(桓雄天王)이라 했다
풍백(風伯) 우사(雨師) 운사(雲師)를 거느리고 곡(穀) 명(命) 형(刑) 선(善) 악(惡) 등 무릇 인간의 360여 가지의 일을 주관하고 인간세상에 살며 다스리라고 교화(敎化)하였다

이때 곰 한 마리와 범 한 마리가 같은 굴에 살면서 항상 환웅에게 빌기를 "원컨대 모습이 변화하여 사람이 되었으면 합니다" 라고 하였다 이에 환웅이 신령스러운 쑥 한 타래와 마늘 20개를 주면서 이르기를 "너희들이 이것을 먹고 100일 동안 햇볕을 보지 아니하면 곧 사람이 될 것이다" 라고 하였더니 곰은 이것을 받아 먹고 굴에서 나가지 않고 햇볕을 피하여 삼칠일 만에 여자의 몸이 되었으나, 범은 굴 밖으로 나가 햇볕을 피하지 아니하여 사람이 되지 못하였다

사람이 된 곰은 그와 결혼할 사람이 없으므로 항상 신단수 아래에서 아이를 가지기를 빌었다

이에 환웅이 잠시 사람으로 변하여 결혼을 하여 아들을 낳으니 이름을 단군(檀君)이라 하고 단군이 평양성(平壤城)에 도읍을 정하고 나라를 세워 단군조선(檀君朝鮮)이라 하였으니
하나님은 하나님의 아들을 인간세계를 다스리게 하셔 그가 내려와 곰이 여자의 몸으로 변화된 웅녀와 혼인하여 우리 민족의 시조인 단군을 낳으셨으니 우리 민족은 하나님의 피가 섞인 천손민족(天孫民族)이다

그러나 다른 민족들은 창세기에서와 같이 하나님이 흙으로 아담을 지으시고 호흡을 넣어 사람이라 하였고, 그를 아담이라 불렀고 그의 갈비뼈로 여자를 만들어 이브라 하였으니 이들은 모두 하나님의 피 한 방울 섞이지 아니한 흙으로 만들어진 피조물(被造物)일 뿐이다

사랑의 하나님은 우리를 불쌍히 여기시어
몸소 사람의 옷을 입으시고 '예수' 라는 이름으로 세상에 오셔
이때부터 인류역사가 새로운 길을 걷게 하셨다
그래서 예수님 오신 때로부터 새로운 연호 서기(西紀, AD)를 사용한다

아버지 하나님과 아들 하나님과 성령 하나님이 일체가 되셔
우리를 사랑하고 계시며, 살아서도 하나님의 자녀로 살게 하시고,
죽어서도 하나님이 다스리는 하늘나라 자녀로 영원히 살 수 있게

사랑하여 주시고 계시도다

이것을 깨닫고 하나님의 사랑을 찬양하며
기쁘고 즐겁게 살아가는 삶이
진정한 믿음의 생활이로다

제4부

알게 된 것 알려주고 싶다

알게 된 것 알려주고 싶다/ 회개/ 교회
은사와 재능/ 앞서라 은혜가 보인다/ 화목/ 학문
생각하는 사람/ 나는 과학자이다/ 중보기도/ 학습/ 무지개 언약
애국가의 가사/ '다르다' 와 '틀리다' / 지팡이 짚고도 힘 드는 보행
부모님 임종/ 아버지 장례/ 욕심과 용심
하나님의 나라와 하늘나라

알게 된 것 알려주고 싶다

알게 된 것 알려주고 싶으나 남은 날이 짧아 아쉽네
소소한 것들 같았는데 모아보니 대단한 것이 되어가니
흐르는 강 모래 속에서 찾은 귀한 수석(壽石) 같아도
줄 때가 다가오고 있어 수석 같은 보물 한 수 남긴다

옥 같은 옥수수 알알이 한결 똘똘한 모습들
우리 외손녀 임연희, 외손자 윤지혁, 윤지욱
영특한 모습에 외할아버지 외할머니는 흐뭇하여
하나님의 끊임 없으신 사랑을 전하련다

생전 처음인 지루한 장마, 무더운 더위, 미세먼지
지구촌 곳곳에 전쟁과 질병이 가득한 혼돈 속에
잠 못 이루는 후텁지근한 밤 견디어 내는 힘을 주시는
하나님의 사랑을 간절하게 알려주고 싶어진다

아마도 이것이 뇌경색으로 보행에 불편한 육신을
강건한 사명감으로 정신을 맑고 밝게 하여 주셔
주야로 하나님의 말씀을 묵상하면서 기도하여
성령님의 인도하심 알려주어 감사하며 살라심이리라

회개

회개(悔改)란 잘못을 뉘우치고 마음을 바로잡음이요
죄인임을 반성하고 그로부터 벗어나려는 뜻을 세워
새로운 생활로 들어가는 일이요
저지른 잘못을 고치고 되풀이하지 않으려고 힘을 쓰는 일을 말한다

자복(自服)은 자기의 잘못을 동의(同意)한다는 말뿐이지만,
회개(悔改)는 잘못을 알고 아예 돌아서거나 길을 바꾼다는 뜻이다

그러나 나는 이렇게 알고 있다
회개(悔改)는 하나님 제가 잘못했습니다 여기까지만이요,
그 나머지는 전지전능하시고 우리를 사랑하시는 하나님께서
"그래 네 잘못을 깨닫기가 어렵지,
나도 네가 연약하여 내 말을 거역한 것을 알고 있다
내가 너를 도와주리라" 하실 것이기 때문이다

"이때부터 예수께서 비로소 전파하여 이르시되
회개하라 천국이 가까이 왔느니라 하시더라"(마4:17)
예수님도 회개하면 하나님께서 도와주시려고
다가오신다고 하신 말씀이다
내가 하나님의 말씀을 거역한 뒤에 이 잘못을 깨닫고도
바로 잡기까지는 적지 아니한 시간이 걸렸음을 경험(經驗)하여 안다

교회

기독교에서 종교신앙과 하나님의 가르침을 선포하며
예배의식이나 종교적 회합을 하기 위하여 상설한 건물이나
기독교 신앙의 조직체를 말한다
교회당, 예배당, 성전, 성당이라 부르기도 한다

가르치는 사람들의 모임이란 뜻이 주를 이루는 이름이다
그래서인지 이름대로 가르치는 사람들만 눈에 보이고
배우려는 사람들은 찾기 어렵다

사람이 남을 가르치려면 혹 자기의 간증을 하는 수가 많아
자기의 말을 가르치지나 않을까 염려스럽다

교회(敎會)는 하나님께서 임재(臨在)하신 성스러운 곳임으로
하나님의 말씀을 그대로 전하고 많은 신학자들의 설명을 찾아
그들의 설명을 빌려 설교를 하여야 할 것이다

잘못 인용하거나 경솔하게 하면 말장난에 그칠 것이요
그 설교는 말씀이 들어 있지 아니한 소리일 뿐이니
개그맨들의 우스갯소리가 될 뿐이다

교회나 기독교 방송에서 경거망동하는 설교를 종종 들으며
그럴 때마다 하나님께 죄송스럽게 생각한다

은사와 재능

재능(才能)은 일을 해 내는 능력, 재주와 능력
사람의 소질적 정신적 능력,
또는 훈련을 통하여 얻은 능력인데
은사(恩賜)는 한글사전에 임금이 은혜로써 내려줌이라 하였는데
성경사전에는 없고 '영적 은사' 라는 단어가 있다

영적 은사는
하나님의 값없는 또는 특별한 은혜의 선물이다
기독교 공동체를 섬기는 데 쓰도록 부여하신 것이다
유익을 위해서는 성령의 나타남이요(고전12:7)
모든 그리스도인이 소유한 성령의 다양한 형태로
역사하는 방식이다(고전12:4-6, 15-30)

그러나 내 재능을 하나님께서 주시는 사랑의 선물로 알고
시를 쓰고 글을 지으며 기쁘고 즐겁게 하나님을 찬양하면 은사,
한갓 살아가는 데 필요한 양식을 얻기 위하여라면 재능이다

앞서라 은혜가 보인다

"이에 백성들이 아침에 일찍 일어나서 드고아 들로 나가니라
나갈 때에 여호사밧이 서서 이르되 유다와 예루살렘 주민들아 내 말을 들을지어다 너희는 너희 하나님 여호와를 신뢰하라
그리하면 견고히 서리라 그의 선지자들을 신뢰하라 그리하면 형통하리라 하고 백성과 더불어 의논하고 노래하는 자들을 택하여 거룩한 예복을 입히고 군대 앞에서 행진하며 여호와를 찬송하여 이르기를 여호와께 감사하세 그의 인자하심이 영원하도다 하게 하였더니
그 노래와 찬송이 시작될 때에 여호와께서 복병을 두어 유다를 치러 온 암몬자손과 모압과 세일산 주민들을 치게 하시므로 그들이 패하였으니 곧 암몬과 모압자손이 일어나 세일산 주민들을 쳐서 진멸하고 세일 주민들을 멸한 후에는 그들이 서로 쳐죽였더라" (대하20:20-23)

아장아장 걷는 나에게 우리 할머니는 마당으로 나가
내 말 잘 들어 하나님이 너를 지금 지켜보고 계시니
너는 잘 걷게 될 것이라며 공손히 고개 숙여 주셨다

하느님 내 손 잡아주셔 고마워요 홍얼거리며 걷자니
거치적거리는 것들이 비키고 할머니 앞에서 걸으며
손 잡아주실 하느님의 손이 보였던 기억이 떠오른다

그때 우리 할머니는 하나님의 은혜를 일러주셨음
분명하도다

화목

"모든 것이 하나님께로서 났으며
그가 그리스도로 말미암아 우리를 자기와 화목(和睦)하게 하시고
또 우리에게 화목하게 하는 직분을 주셨으니
곧 하나님께서 그리스도 안에 계시사 세상을 자기와 화목하게 하시며
그들의 죄를 그들에게 돌리지 아니하시고 화목하게 하는 말씀을
우리에게 부탁하셨느니라" (고후5:18-19)

사도 바울은 고린도 교회 성도들에게 서로 화목하라고 권고하고 있다
우리는 그리스도와 연합하여 새 사람이 되었고
화해의 복음을 전할 특권과 의무를 부여 받았으니
우리는 하나님과의 화목의 관계를 회복하고
사람들과의 화목을 도모(圖謀)하자
화목(和睦)하려고 수단과 방법을 다하자

하나님께서 보시고 오른손을 잡으시고
사랑하는 자야 연약한 네가 여기까지만이면 됐다
내가 네게 굳센 힘을 주리니 성령의 인도를 받으라
이것이 내가 네게 베풀 사랑이니라 하실 것임을 믿고
감사하며 기쁘고 즐겁게 찬양하며 살아가리라

학문

모르는 것을 알고 싶어 알 만한 사람에게 물어 배우는 것이
학문(學問)이다
모르는 것을 오직 시험(試驗)에 합격하려고 억지로 외우는 것은
수단(手段)일 뿐이다

모르면 알려고 며칠이고 애를 써서 알게 된 것은
아주 오랫동안 잊지 않아
이런 자세로 시험 준비를 하면 합격뿐만 아니라
합격 후에 생활에도 좋은 영향을 준다

옛 성현들도
새가 나뭇가지에 앉아서도 쉬지 않고 날갯짓을 하듯
배운 것을 쉬지 않고 익혀 흰색이 나도록 밝히 깨달으라
'학이시습(學而時習)' 이란 말이 그런 뜻이다

알기를 즐거워하니 땅에서도 하늘나라를 알게 되어
내 안에 하나님 다스리시는 나라가 펼쳐졌음을 아니
더욱 기쁘고 즐거워 성령님께 감사를 드린다

지나간 젊은 날에는 미처 몰랐던 앎의 귀중함을
이제야 깨닫고 소소한 것을 알게 되고
소소한 것들이 쌓이니 대단한 깨달음이 되는 것도 있구나

생각하는 사람

생각하는 사람은 하나님을 생각하고 있어
하나님께서 지혜를 주셔 지혜로운 사람이 된다

바둑을 두고 있으면 생각하게 되고
생각을 많이 하느냐에 승패가 달려 있다

시인도 바둑을 두면서 시상(詩想)을 얻어
시를 지으며 즐겁게 산다

훌륭한 장수도 생각하며 전술(戰術)을 세워
외국의 침입을 막아냈다

정치가, 지도자, 외교관은 생각하는 사람이어야
정치가 바르고, 나라가 잘 되고, 국제간 평화를 유지한다

수(隋)나라의 침략을 물리친 을지문덕(乙支文德)의 살수대첩,
몽고, 여진의 간계를 막아낸 강감찬(姜邯瓚), 윤관(尹瓘)의 전술,
왜적을 물리친 이순신(李舜臣) 장군,
행주대첩과 세마대대첩을 이루신 권율(權律) 장군,
북한 공산당을 물리친 육해공군에 혁혁(赫赫)한 대장들
모두가 하나님의 지혜를 생각한 분들이었다
생각해야 하나님은 승리(勝利)를 주신다

나는 과학자이다

"나는 과학자(科學者)이다!
이번에 내가 만든 기계를 보라
모든 생명에게 해로운 것을 빨아들인다"
마음껏 소리 질렀다

여왕의 행차가 멈추더니
크게 칭찬을 하여 준다

꿈이다
그러나 과학도(科學徒)의 꿈은
아직도 남아 있다

자연과학(自然科學)에서 출발하여
인문과학(人文科學)으로 늙어간다

하나님의 나라에 살면서
하늘나라를 바라본다

나는 꿈을 버리지 않는다
하나님 지으신 생명체 사랑

중보기도

"그들이 이 말을 듣고 마음에 찔려 그들을 향하여 이를 걸거늘
스데반이 성령 충만하여 하늘을 우러러 주목하여
하나님의 영광과 및 예수께서 하나님 우편에 서신 것을 보고 말하되
보라 하늘이 열리고 인자가 하나님 우편에 서신 것을 보노라 한데
그들이 큰 소리를 지르며 귀를 막고 일제히 그에게 달려들어
성 밖으로 내치고 돌로 칠세 증인들이 옷을 벗어
사울이라 하는 청년의 발 앞에 두니라
그들이 돌로 스데반을 치니 스데반이 불러 이르되
주 예수여 내 영혼을 받으시옵소서 하고
무릎을 꿇고 크게 불러 이르되
주여 이 죄를 그들에게 돌리지 마옵소서
이 말을 하고 자니라" (행7:54-60)

이것이 스데반이 본 예수님의 중보기도(中保祈禱)요,
스데반이 예수님께 올린 중보기도로다

이 두 중보기도는
하늘에서 들려오는 인자의 아름다운 음성이요
땅에서 응답하는 스데반의 고운 모습이로다

학습

"공자께서 말씀하셨다
배우고 때에 익히니 기쁘지 아니하냐
벗이 멀리서 찾아오니 또한 즐겁지 아니하냐
남이 나를 알아주지 않아도 노여워하지 아니하니
참으로 군자가 아니겠는가" (논어 학이편 1)

학습(學習)이란 배워 익힌다는 말로
배운 것을 때때로 잊지 않게 익힌다는 뜻이다
학습의 습(習)자를 살펴보면
새가 양날개를 펴서 쉬지 않고 날갯짓을 하여
하얀색으로 밝혀지도록 열심히 노력한다는 모습이 완연하다

어미벌이 유충에게 쉬지 않고 날개를 움직여 시원한 바람을 날려 주듯,
엄마가 손을 펴 잠자는 아기에게 시원한 바람을 일게 하여 주듯하다

배운 것을 그렇게 익히고 나면
벗이 멀리서 찾아온 것같이 기쁘고 즐거우며
남이 나를 알아주지 아니하여도 노엽지 아니하다

삶의 보람은 여기에 있는 것이로다
배우는 학교, 배우는 교회, 배우는 사회 그립다

무지개 언약

"내가 너희와 언약을 세우리니
다시는 모든 생물을 홍수로 멸하지 아니할 것이라
땅을 멸할 홍수가 다시 있지 아니하리라

하나님이 이르시되
내가 나와 너희와 및 너희와 함께하는 모든 생물 사이에
대대로 영원히 세우는 언약의 증거는 이것이니라
내가 내 무지개를 구름 속에 두었나니
이것이 나와 세상 사이에 언약의 증거라

내가 나와 너희와 및 육체를 가진 모든 생물 사이의 언약을 기억하리니
다시는 물이 모든 육체를 멸하는 홍수가 되지 아니할지라" (창9:11-15)

무지개의 빨강, 주황, 노랑, 초록, 파랑, 남색, 보라, 일곱 가지의 색은
완전한 색이니 이는 하나님이 창조하신 천지만물의 색깔이라
완전하고 변함이 없는 색깔이다

무지개의 약속은 하나님의 사랑의 모든 것을 포함하고 계시다
곱고 아름다운 사랑을 기억하며 기쁘고 즐겁게 살아가는 삶이
하나님의 자녀가 세상에서 누리는 영원무궁한 축복이로다

애국가의 가사

애국가(愛國歌)의 가사(歌詞)는
윤치호(尹致昊, 1865.1.23.~1945.12.9.) 선생님이 지었다
1891.12.21. 독립문 정초식(定礎式)에 배재학당 학생들이 불렀고,
1945.8.15. 해방 후 전국적으로 널리 애창되었고,
1948.8.15. 정부수립과 함께 우리나라 애국가(愛國歌)로 제정되었다.

에스라서에서 그 내용을 찾았다고 한다
"예레미야의 입을 통하여 하신 말씀을 이루게 하시려고
바사왕 고레스의 마음을 감동시키시매
그가 온 나라에 공포도 하고 조서도 내려 이르되
하나님 여호와께서 세상 모든 나라를 내게 주셨고
나에게 명령하사 유다 예수살렘에 성전을 건축하라 하셨나니
이스라엘의 하나님은 참신이시라
너희 중에 그의 백성 된 자는 다 예수살렘으로 올라가서
하나님 여호와의 성전을 건축하라" (스1:1-3 요약)

"동해물과 백두산이 마르고 닳도록 하느님이 보우하사 우리나라 만세
무궁화 삼천리 화려강산 대한 사람 대한으로 길이 보전하세" (애국가 1절)

단군조선(檀君朝鮮)ー신라(新羅)ー고구려(高句麗)ー백제(百濟)ー발해(渤海)ー고려(高麗)ー조선(朝鮮)

긴 세월 하나님은 늘 하늘에서 우리를 보우(保佑)하여 주시고 계시다

조선 말(末) 일본(日本)의 식민지로 36년간의 암흑 속에서도
하나님은 미국(美國), 영국(英國), 불란서(佛蘭西), 소련(蘇聯), 중국(中國) 등을 도구로 삼아 일본을 원자탄으로 항복시키고
우리는 해방을 맞아 세계 방방곡곡에 흩어졌던 동포들이 돌아와
대한민국(大韓民國)을 세워 애국가를 부르며 우리나라 만세를 부르게 되었다.

"대제사장 아론의 16세손 에스라가 기도한다
이제 우리 하나님 여호와께서 우리에게 잠시 동안 은혜를 베푸사 얼마를 남겨두어 피하게 하신 우리를 그 거룩한 처소에 박힌 못과 같이 하시고 우리 하나님이 우리 눈을 밝히사 우리가 종노릇하는 중에서 조금 소생하게 하셨나이다
우리가 비록 노예가 되었사오나 우리 하나님이 우리를 그 종살이하는 중에 버려두지 아니하시고 바사 왕들 앞에서 우리가 불쌍히 여김을 입고 소생하여 우리 하나님의 성전을 세우게 하시며 그 무너진 것을 수리하게 하시며 유다와 예수살렘에서 우리에게 울타리를 주셨나이다(스9:6-10 요약)

이 말씀에 감동되어 우리나라의 애국가의 가사가 지어졌으리라
선생님의 신앙심과 애국심이 넘쳐 흐르도다

‘다르다’ 와 ‘틀리다’

‘다르다’ 라는 말과 ‘틀리다’ 라는 말이 있지만
너와 나의 생각이 달라도 그 생각이 틀린 것이 아니다
사람은 각각 자유롭게 생각하도록 창조되었으므로
각기 생각이 다르고 마음이 다른 것이다

그러나 하나님의 말씀은 다르지 아니하고,
틀림이 없는 완전무결(完全無缺)한 말씀이시다

“그는 반석이시니 그가 하신 일 완전하고
그의 모든 길이 정의롭고 진실하고
거짓이 없으신 하나님이시니
공의로우시고 바르시도다” (신32:4)

하나님이 지으신 사람은 사람이 만든 로봇과 달리
그 생각과 마음을 자유롭게 지음 받았으므로
마음과 생각이 서로 달라도
더불어 살아가기를 바라신 것이다

더불어 살아가며 보게 되면
하나님의 크신 사랑을 깨달아
하나님만을 믿고 살아간다

지팡이 짚고도 힘 드는 보행

늙어서가 아니다
지팡이 짚고도 힘 드는 보행에는
하나님의 깊은 뜻이 있을 것이다

이 나이에도
이 어려운 보행을 하면서도
나만이 꼭 하여야 할 사명이 있을 것이다

잠들기 전 기도하면서
하나님 아버지께 여쭈어 보았다
말씀을 들려주지 아니하신다

하나님의 사랑을
많은 사람들에게 전하라는 듯
아직 회개하지 아니한 죄 회개하라는 듯

모르고 있는 지은 죄 회개하오니
용서하여 주옵소서
감사하며 살겠나이다

부모님 임종

사남삼녀의 막내아들로 태어나 부모님을 모신 큰형 일찍 돌아가시고
조카들은 아직 어리고, 둘째형과 셋째형은 멀리 떨어져 살아서
80이 가까우신 부모님 곁으로 오기 위하여 서울민사지방법원에서
수원지방법원으로 전근을 희망하여 수원에 살게 되었다

얼마 지나 1980.6.28.(음 5.16) 새벽 부음을 받고 달려가니
어머님은 주무시듯 하여 얼굴에 볼을 대니 볼과 손이 얼음장 같았다

법원에 연락하였더니 수원지방법원장 전상석(全尙錫) 원장님이 장례에 참여하겠다 하여 사무국장은 경기도지사에게 남양 장지에 가는 비포장길을 고르게 하라고 하였고, 장례날에는 화성경찰서장이 선두에서 안내하였다

이때는 5.18민주화운동으로 전두환(全斗煥) 보안사령관이 전권을 잡고 있는 삼엄한 때였으나, 법원장 관용차를 비롯한 부장판사 사무국장 각급과장 직원들이 참례하여 잘 모셨다

아버지는 수원지방법원에 근무할 때 1983.3.5.(음 1.22)에 돌아가셔
미리 가서 임종을 하였다
"서운한 일 마음 속에 오래 품지 말라" 하시면서 오른손을 잡으셨다

이번에도 전상석 대법관이 참례하여 주서 장례를 잘 모셔 고마웠다

아버지 장례

아버지 송정순(宋貞純, 1899.3.24~1983.3. 5/음 1.21)
위독하다는 급보를 받고 수원에서 급히 내려가 임종을 하였다

“서운한 일을 오래 품지 말라!”
4남3녀의 막내로 더구나 큰형은 먼저 돌아가셨고
형들은 서울과 부산에 살고 있어
서울법원에 근무하고 있어 수원법원에 전출희망을 하여
수원법원 이전등기소장으로 근무하다가 간신히
본원으로 돌아와 며칠 안 되어 아버지 상을 당하였다

법원 사무국장이 도청에 요청하여 건설장비로 수원에서 장지까지
비포장 울퉁불퉁한 길을 고르게 하며 장례날에는 화성경찰서장이
백차로 선두에서 차들 안내를 하였다

수원법원장 전상석 님을 비롯한 직원들이 법원 버스로 시골길을
60여 리를 달려 장례식에 참례하여 주었다

사남삼녀의 막내 아들로
불효자의 원을 풀어주어
고마워 잊지 못하고 있다

욕심과 용심

욕심(慾心)은 남의 일이 잘 되는 것을 싫어하는 마음이니
남의 것을 뺏고 싶어하는 마음이요

용심(用心)은
남이 잘 되었으면 어떻게 해서 잘 되었는지를 열심히 알아보아
나도 그와 같이 하려는 마음이다
할아버지와 할머니는 아버지에게 이 말씀을 늘 하시며
욕심을 버리고 용심을 가지라고 당부하셨단다

"욕심을 가지고 남의 재산을 빼앗은 자,
남이 잘 되는 것을 싫어하는 자 잘 사는 것 보지 못하였다"
할머니는 내게 늘 말씀하셨다

살아오면서 욕심도 용심도 가져 보지 못했지만
욕심이 앞서는 때가 많았다

용심을 부렸던 일은 공직생활 중에
사람에게 필요한 것을 만들어 보려는 마음으로 창안을 제안하여
10여 년 계속 대법원장의 창안상을 받은 일이다
이는 할아버지, 아버지, 할머니의 말씀의 은혜로다

하나님의 나라와 하늘나라

하늘나라는 하나님이 계신 곳으로
우리가 부름 받아 가게 되면
예수님은 하나님 우편에 서 계시다가
오른손으로 맞이하여 주실 것이다
스데반이 순교당하며 외친 고함소리에 생생하다
"보라 하늘이 열리고 인자가 하나님 우편에 서신 것을 보노라" (행7:55-56)

하나님의 나라는 살아서 하나님을 믿어 그의 자녀가 되면
하나님의 나라 백성이 되고
죽어 하나님의 심판을 받아야 하나님이 계신 하늘나라에 올라간다

하나님을 믿어 살아서는 하나님이 다스리시는 하나님의 나라,
죽어서는 하나님 계신 하늘나라의 백성으로 사는 것이다

하나님의 나라와 하늘나라를 구별하지 말자는 의견이 있으나
성경에 엄연히 하나님의 나라와 하늘나라를 따로 말씀하셨다
하나님의 나라에 살려고 노력하며 하나님 다스리시는 나라를 살아왔지
죽어서 갈 하늘나라에 갈려고 산 것이 아니다
하늘나라에 갈 것이냐 지옥에 갈 것이냐는
하나님의 심판으로 결정될 일이다

*2015.12.5. 상재한 제19시집 p. 204에 자세하게 서술하였음

제 5 부
함경도 어부의 이야기

함경도 어부의 이야기/ 자귀나무 한 그루/ 우연한 보답
기다리라 그리고 여호와로 말미암아 기뻐하라/ 속회/ 광복절이 되면 생각나는 일
영생을 생각하며/ 사람이 생령이 되니라/ 그리스도 안에 있으면 새로운 피조물
아파트 계약을 하고/ 책과 사진을 버리고/ 이사준비/ 아가페 과자점에서
하나님은 사랑이시다/ 원수가 나를 더 잘 안다/ 아멘과 박수로 망했다
이제는 죽는 것이 두려워요/ 기른 아들 딸/ 응급실

함경도 어부의 이야기

얼마 전에 함경도 어부 몇이 어선이 파도에 떠밀려
동해 강릉에서 우리 어부들에 의하여 구조되자
우리 어부에게 핸드폰을 빌려 서울에 사는 고모에게
"고모 남한에 왔어 깜짝 놀랐어 먹을 것이 없어 굶는다는 말이
다 거짓임을 짐작은 했어도 이럴 줄은 정말 몰랐어,
적십자 또는 종교단체, 자선단체 등을 통하여 오래 전부터 해마다
약 65만 톤의 쌀을 보내주어 평양의 귀족들을 제외한
북한의 많은 사람이 고마워하고 있어"라는 방송을 들었고,
2019.7.16.~17. 사이에 조선일보 만물상과 기사를 읽었다

며칠 전에 대통령이 북한에 쌀을 보낸다고 하니,
북한에서 거절하였다

6.25때 국민학교 6학년인데
미국에서 보내주는 끈기 없는 쌀밥을 먹고 숟갈 놓자마자
배가 고팠어도 얼마나 고마웠는지 지금까지 잊지 못한다
배부르게 하여준 고마움은 잊지를 못함이 인지상정이다
어찌 우리와 똑같은 사람인데 배은망덕하겠는가
오히려 정치적으로 생색내려는 경거망동을 말라
우리는 단군할아버지의 자손이다

자귀나무 한 그루

길가에 여기저기 자귀나무 꽃이 한창이다
사이 좋게 마주보며 아기자기한 고운 모습
세 살 때 우리 할머니 내 옷깃에 달아주신
그 꽃술이 살아나 팔십 노인을 즐겁게 한다

꽃술을 옷깃이나 버선코에 달아주는 것은
부모님의 은혜를 잊지 말라는 것이라고 일러주셨다

젊어서나 늙어서나 자기야 자기야 하며
즐겁게 살아가는 부부생활이 그리워진다

자기(自己)란 남이 아닌, 바로 나건만
내가 나를 아껴보지 못하는 어리석은 삶
어찌 남을 내 몸같이 보살펴 주랴

돌아보면
할머님의 고운 정성을 저버리고
하나님의 말씀을 순종하지 못한
헛된 삶이었도다

우연한 보답

수원 광교산 기슭 한적한 마을에 살고 있는 할머니는
일요일이면 상광교 마을회관 옆에 대여섯 분이
농사 지은 채소를 파시고 계신 분 중에 한 분이다

광교산 오르다가 우연히 그 할머니를 만나
할머니의 집에 들어가 찐 감자 한 사발을 맛있게 먹고 나니
상추 한 자루를 눌러 담아주시어 고마워
만오천 원을 할머니 손에 쥐어 드리니 거절하시며

"내가 채소를 팔고 있을 때에는 장사꾼이라 돈을 받았지만
내 집에 오신 손님에게 대접을 하였는데 돈을 받을 수 없소
정 고마우면 다음에 소고기 한 근 들고 오시오" 하였다

두어 달이 지나 광교에 있는 농산물 판매센터에서
버섯, 구운 달걀, 검은 콩을 사가지고 나오는데
그 할머니를 만나 소고기 한 덩이를 사드렸다
우연한 기회에 보답(報答)을 하니 마음이 후련하다

기다리라 그리고 여호와로 말미암아 기뻐하라

"내가 들었으므로 내 창자가 흔들렸고
그 목소리로 말미암아 내 입술이 떨렸도다
무리가 우리를 치러 올라오는 환난 날을 내가 기다리므로
썩이는 것이 내 뼈에 들어왔으며
내 몸은 내 처소에서 떨리는도다

비록 무화과나무가 무성하지 못하며
포도나무에 열매가 없으며
감람나무에 소출이 없으며
밭에 먹을 것이 없으며
우리에 양이 없으며
외양간에 소가 없을지라도
나는 여호와로 말미암아 기뻐하리로다" (합3:16-18)

생전 처음인 이 무더위일지라도
순간마다 하나님께 감사하며 기다리라
하나님은 더욱 강하게 하여 주시어
견디어 시원하게 하여 주시리로다

속회

"여호와께서 모세에게 말씀하여 이르시되
너는 이스라엘 자손의 온 회중에게 말하여 이르라
너희는 거룩하라
이는 나 여호와 너희 하나님이 거룩함이니라
너희 각 사람은 부모를 경외하고 나의 안식일을 지키라
나는 너희의 하나님 여호와니라
너희는 헛된 것에게로 향하지 말며
너희를 위하여 신상들을 부어 만들지 말라
나는 너희 하나님 여호와니라" (레19:1-4)

1742 웨슬리(Wesley, John ; 1703~1791) 목사는
한 명이 부담하는 1페니를 가난하여
못 내는 11명의 돈을 대신 내어주며,
이야기도 나누고 어려움도 위로하며
서로 친하여지자 이들이 모여 속회가 되었다

나이 사십에 세례를 받고 속회에 입회하여 주기적으로 모였다
참 좋은 모임이었다
그렇지 아니하면 공허한 세상에 빠져 공허한 세월 낭비를 할 뻔했다
사도 바울도 주 예수 그리스도로부터 은혜와 평강이 나온다 했다

(고전1:1-4, 5-8)

광복절이 되면 생각나는 일

서울 흑석동에 살 때에 7살이 되어 노량진에 있는 소학교 입학시험에 합격하여 1945.7.1. 입학하게 되었는데 입학식에 갔더니 교문이 닫혀 있어 집에 돌아오니 마을 반장이 집에 부모님과 같이 있다가 경계경보가 내리면 방공호로 피난 가라고 한다.

7월 중에는 연습을 마을에서 여러 번 하면서 별일없이 지나다가
8월 7일부터 경계경보가 내려 상도동 산마루에 파놓은 방공호로
식구마다 다른 방공호로
이름표와 배급 받은 건빵을 가지고 들어갔다
가족들은 분산하여 방공호로 들어가라고 하여 그대로 따랐다

8월 14일에는 오늘은 서울에 폭격을 한다는 소문이 났다
아버지는 막내 아들인 내 손을 잡고 방공호를 들어갔다
비가 부슬부슬 내리는 날씨라 대부분이 잠을 자고 있는데,
얼마 후 아버지가 내 손을 잡고 밖으로 나와 조금 떨어진 곳에서
소변을 보시는데 "쾅!" 하고 소리가 나며 방공호가 무너졌다
아버지는 방공호 안에서 굴이 무너지는 꿈에 깨어
소변이 급해 내 손을 잡고 나오신 것이란다

8월 15일에는 중대 발표가 있다는 소문이 돌더니
정오에 일본천왕의 항복하는 소리가 들렸다

영생을 생각하며

영생(永生)이란 하나님의 나라 백성으로 살아가는 생활이라
하나님의 사랑하심 안에 항상 기쁘고 즐거운 생활이고
부름 받아 하늘나라에서도 기쁘고 즐거운 생활이리라

제자들과 사도들은 영생에 대하여 말씀을 기록하고 있다
하나님과 예수님을 아는 것이 영원하신 생명인 영생이다
하나님의 은혜가 주 예수 그리스도로 영생에 이르게 한다

할머니 일러주신 하늘님을 두려워하여 사회생활 편안하였고
40넘어서야 하나님을 믿어 80이 지났어도 청년처럼 즐거워
하나님 주신 은혜 감사하며 부르심을 기다리며 살아가노라

아마도 이것이 영생이요
살아서 누릴 수 있는 복된 길이며
하나님의 은혜 감사하며 부르심을 기다리노라

사람이 생령이 되니라

여호와 하나님이 땅의 흙으로 사람을 지으시고
생기(生氣)를 그 코에 불어 넣으시니
사람이 생령(生靈)이 되니라(창2:7)

사람이 하나님으로부터 지으심을 받아 생령이 되었으니
주신 사명을 깨달아 순종할 일이다
그것은 하나님께서 우리를 사랑하고 계심을 알라는 것이다
이를 모르는 사람은 숨을 쉬고 있어도 영혼은 죽은 자이다
생령을 가진 사람은 하나님께서 주신 사명을 다하려고 산다

하나님은 우리를 생령으로 살게 하시려고
하나님의 나라를 세우셨는데
이 나라는 보이는 것이 아니요
하나님이 우리를 사랑하고 계심을 믿는 자의 마음 속에
이루어지는 나라이다

하나님의 나라 백성으로 충성을 하면 하나님의 자녀가 되고
그 자녀 중에 하나님 아버지께서 계신 하늘나라 입국 허가를 하신다

그리스도 안에 있으면 새로운 피조물

"그런즉 누구든지 그리스도 안에 있으면 새로운 피조물이라
이전 것은 지나갔으니 보라 새것이 되었도다
모든 것이 하나님께로 났으며 그와 그리스도로 말미암아
우리를 자기와 화목하게 하시고
또 우리에게 화목하게 하는 직분을 주셨으니
곧 하나님께서 그리스도 안에 계시사 세상을 자기와 화목하게 하시며
그들의 죄를 그들에게 돌리지 아니하시고 화목하게 하는 말씀을
우리에게 부탁하셨느니라" (고후5:17-19)

하나님은 우리를 사랑하시는 깊은 뜻이 들어있는
화목을 주셔 새로운 사람으로 변화되게 하여 주신다
옛날 번제, 소제, 화목제, 속죄제, 속건제를 올려
변화되어 평화로운 삶을 살았듯이
우리도 화목하여 하나님께서 다스리시는 하나님의 나라 백성으로
새롭게 변화되어 하나님의 사랑을 누리자

어제(2019.8.25.) 처음으로 아파트를 구입하여 계약을 하였다
새집에서 하나님의 자녀로 더욱 새롭게 변화되어 가족뿐만 아니라,
새롭게 생기는 며느리, 손자, 손녀 하나님의 자녀로 이어지길
우리 주 예수 그리스도의 이름 받으러 기도하며 기뻐하였다

아파트 계약을 하고

우후죽순(雨後竹筍)격으로 늘어나는 아파트 옆길을
지팡이 짚고 걷다가 힘들어 허리 피며 올려다본 아파트
아! 내 생전에 살아보지 못하겠지 하며 부러워하였다

오래된 단독주택 비가 오지 아니 해도 물이 새어
방과 계단에 물 마를 날이 없고,
기술자들이 한결같이 수리할 수 없단다

아파트 전세 가격이나 보려고 부동산중개소 곁을 지나다가
'34평 4억 6천' 매물을 보고 집사람과 집을 가 보니
화서동 위브하늘채 110동 1301호인데 마음에 들어 계약을 하였다

아들을 데리고 다시 둘러보니 아들도 좋아하였다
사방의 전망도 좋고 깨끗하여 상쾌하기도 하구나

우리의 사정에 맞는 가격의 아파트가 이렇게 좋아
우리 부부는 어린아이처럼 딸들에게 연락하였더니
외손녀 임연희(초등학교 3학년)가
할아버지 할머니 얼마나 기쁘세요 하며 좋아한다

바라만 보던 아파트 꿈에도 생각 못한 이 기쁨
하나님은 이처럼 사랑하고 계심에 감사드린다

책과 사진을 버리고

사십여 년이 지난 집이라 비가 오지 아니 해도
방구석과 계단에 물이 새어 이사 갈 준비하며
천여 권의 책과 만여 장의 사진을 버리려고 묶고
책 오십여 권과 사진 오백여 장은 남겼다

책은 마음을 이만큼 편안하게 하여 주신 말씀이요
사진은 산과 들과 강과 바다 구석구석 둘러보며
우리를 사랑하고 계신 하나님의 품속을 확인한 증거다

남긴 책은 성경, 사서삼경, 사전류, 그리고 내 시집 이십삼 권,
사진은 젊은 내 모습과 어린 자녀들의 귀여운 모습들이다

예수 그리스도를 구세주로 믿어 하나님의 나라 자녀라 하면서
아담과 하와의 아들 가인의 자녀로 처음부터 악을 생각하는 마음
나는 아직도 버리지를 못하였구나

할머니 다소곳이 일러주셔 하느님을 두렵게 생각한 어린 시절이
사진 보며 착한 생각 아름다워 사진을 버리지를 못하겠구나

부름 받아 하늘나라 가게 될 때에는 사랑하는 아버지께서 보내주신
성령님의 인도 따라 아버지 우편에 흰옷 입은 주님 반겨 주시리라

이사준비

아파트로 이사 갈 준비를 하면서
버릴 것을 묶어 놓으며 생각하니
버릴 것이 한두 가지가 아니다

이사 갈 날을 알고 있어
하루하루 준비를 하니 다행이다
하나님 부르시는 날은 모르니
어찌 준비할까 걱정이 된다

버릴 것이나 가지고 갈 것 걱정 말라
필요한 것은 예비되었다 하실 것이다

하나님은 세상 사는 동안 사랑하신 것처럼
하늘나라에서는 더 사랑하실 것을 믿는다

하나님의 사랑을 믿고 살아 자녀로 사랑 받았듯
하늘나라에서는 더욱 사랑하여 주실 것이다

아가페 과자점에서

반찬 몇 가지 사려고 정자시장에 미는 차를 밀며
간신히 길을 건넜다

오는 길에 단골 아가페(Agape) 제과점에서
팥빵과 소브르빵을 주섬주섬 샀다

사장님이 반가운 모습으로 지금도 글을 쓰냐며
토요일이면 점심 대용으로 빵을 사 배낭에 넣고
광교산에 가시며 어느날 시집을 주어 잘 읽었단다

그런 줄 모르고 23집까지 내면서
전하여 주지 못하였음 아쉽구나

사장님의 아낌없는 사랑의 마음에
기쁘고 즐거워 힘이 솟는구나

지팡이 짚고 나오면 우연히 만나는
반가운 사람의 사랑의 마음에 기쁘다

하나님은 사랑이시다

하나님은 사랑이시다
하나님은 우리에게 전하라 하신다
세상 모든 사람을 사랑하고 있다고

하나님의 사랑은 변함이 없으시고
차별이 없으시며 대가를 원하지 아니하시는
영원불변하신 사랑이시다

온몸이 흔들려 지팡이 짚고 걷는 나를
오른손 잡아 힘을 주시며
사람들에게 하나님의 사랑을 전하라 하신다

그 사랑은 전하는 사람이나 듣는 사람을
한결 같은 마음으로 사랑을 하여 주시어
기쁘고 즐거워 힘을 얻어 걷게 하여 주신다

이 사랑을 전하라는 사명을 은혜로 받아
시집 22권을 펴내었고 이제 23권을 펴내게 되었다
하나님 보시기에 기뻐하실지 두렵다

하나님은 영원하신 사랑이다

원수가 나를 더 잘 안다

전쟁에서 적이 나를 더 잘 알아야 승리하듯
나의 원수는 나를 더 잘 알고 있다

원수가 나에게 하는 말을 잘 들어보면
나의 약점을 내가 빨리 알게 되어 안전하다

이 일은 나라와 나라 사이에도
부부 사이에도 마찬가지이다

화가 치밀었을 때에 곰곰이 생각하여
알게 된 일이다

예수님은 너의 원수를 사랑하라
당부하신 것이 이 까닭이 아닌가 생각이 된다

"또 네 이웃을 사랑하고 네 이웃을 미워하라 하였다는 것을
너희가 들었으나
나는 너희에게 이르노니 너희 원수를 사랑하며
너희를 박해하는 자를 위하여 기도하라
이같이 한즉 하늘에 계신 너희 아버지의 아들이 되리니
이는 하나님이 그 해(태양)를 악인과 선인에게 비추시며
비를 의로운 자와 불의한 자에게 내려주심이라" (마5:43-45)

아멘과 박수로 망했다

목사 중에 몇은 하나님의 말씀은 전하지 아니하고
말도 되지 아니하는 말로 말장난을 거침없이 한다

동병상련(同病相憐)이란 말은 있어도
이병상련이란 불가능하여 아예 없다
한글사전에 찾아보면 당장 확인된다

이병상련이란 말장난으로
성스러운 하나님의 존전에서
거리낌없이 설교를 하고 있다

대부분의 성도들은
쉴 사이 없이 아멘과 박수로 소란을 피운다
우리나라에서는 아멘과 박수로 전도가 멈추었도다

귀한 말씀 목말라 하는 성도들에게
하나님은 세상을 이처럼 사랑하심을
사람의 몸을 빌려 예수님의 이름으로 세상에 오셔
하나님의 참사랑 변함없는 영원한 사랑을 전하다가
십자가에 못 박혀 돌아가기까지 한 사랑을 바르게 알자

아멘과 박수로 되돌이킬 수 없는 길을 가지 말자

이제는 죽는 것이 두려워요

수원 상광교 회관 곁에서 도토리묵을 팔고 있는
한란춘(韓蘭春) 할머니는 언제 가도 반겨준다

할머니가 "젊어 혼자 살기 힘들 때에는 죽고 싶기도 했는데
이제는 죽는 것이 두려워요 살아오면서 지은 죄 많아서요" 한다

할머니 하나님은 우리를 사랑하시며
이 사랑을 알려주려고 사람의 몸을 입고
세상에 오셨어요

세상에는 죄 없는 사람 한 사람도 없어요
그리고 하나님도 이 사실을 잘 알고 있어
두려워하지 말라고 수없이 말하고 있어요

살아있을 때 이 말씀을 믿으면
하나님이 다스리는 하나님의 나라 백성이 되고
몸이 늙어 죽을지라도
하나님 계신 하늘나라에서 하나님의 자녀로
영생을 하게 되는 것이라고 약속하셨어요

기른 아들 딸

남양주에 살고 있는
둘째 처남 칠순잔치에 초대받아
서울에 있는 큰 회관에 갔다

조금 뒤에 들이닥치기를 시작하는데
구름이 모여들 듯 예약한 좌석이 모자라
옆방까지 찼다

처남 내외가 낳은 아들 딸은 한 사람도 없고
모두 이웃 어린이들을 틈틈이
어린이집, 유치원, 초등학교에 태워다 주곤 하여
생긴 아들과 딸들이다

칠순잔치에 참석한 손님들은 처남의 아들 딸들을
한 사람씩 바라보며 처남 내외의 얼굴을 살펴본다

응급실

나이는 확실하구나
여든 살이 넘어 여든 둘이 되니
대학병원 응급실엘 실려도 간다

검사결과를 보러 갔더니
큰 병원으로 가야 한다며 연락처를 말하라 하여
집사람과 아들의 전화번호를 일러주었다

어떤 처치도 동의한다는 서명을 하여 주고 나니
아들이 연락을 받고 달려와서
마음이 든든하였다

여러 가지 검사를 받고 나니
빈혈이 심하여 다른 사람의 피를 넣어야 하겠다고 하여
수혈을 서너 시간 걸려 마치었다

배가 고파 간호사에게 말하여 괜찮다는 말을 듣고
아들에게 팥빵을 사 오라 하여 서너 개를 먹고 나니
힘을 얻어 밤 늦게 집에 돌아왔다

(2019.10. 11.)

제6부
꿈 속에서는

꿈 속에서는

꿈 속에서는 노인이 아니어요
마음만 있으면 어디든지 가고
먹고 싶으면 무엇이든지 먹는
젊은이가 분명하였어요

가 본 곳은 기억을 되살리며
처음 가는 곳은 호기심 속에
지팡이 짚지 않고도
기쁘고 즐겁게 걸었습니다

한 걸음 한 걸음 걷자니
산과 나무와 하늘이 흰구름
어쩌면 그리도 기쁘고 즐거운지
온갖 것이 모두가 친구가 되어줍니다

아픔과 괴로움 걱정과 근심 없는
어릴 적 할머니의 품속 같은 곳
하나님께서 사랑으로 다스리시는
하나님의 나라가 분명하였습니다

웃어야 하나 울어야 하나

핸드폰을 주머니에 넣은 채 세탁을 하였다
이런 일이 있을 줄이야 생각이나 하였나

지팡이 의지하여 얼마를 걷다가 어디로 가야 집에 가나
먼 산 보고서야 집을 찾아간다

치매인가 나이 탓인가
정신을 차려 보면서 한숨만 내쉰다

며칠 전 동네병원에서 큰 병원 응급실로 가라 하여
아주대학교 병원 응급실에 가니 환자복을 입힌다

연락처를 물으며 무슨 각서에 서명을 하라며
채혈검사를 한 결과 수혈을 하여야 한다

피가 적어 다른 사람의 피를 넣어야 한다면
검붉은 피가 시험관에서 방울방울 내 혈관으로 들어간다

연락 받고 아들이 와 옆에 있어 마음이 놓였고
수혈을 마치고 나니 배가 고파 팥빵을 먹었다
밤 늦게 집에 돌아왔다

(2019. 10. 13)

꿈

나이 여든이 넘으니 누우면 잠이 오고
잠이 들면 꿈을 꾼다

꿈이 깬 후에 곰곰이 생각을 하면
좋은 꿈은 그대로 되기를 은근히 바라고
나쁜 꿈이면 걱정이 되어 하루종일 언짢다

꿈은 생시에 있었던 일도 있고
생각지도 못한 일도 있다

외갓집과 같이 가 보았던 곳도 꿈을 꾸고
가 보지 못하였던 곳에도 가 본다

생시에 하여 보지 아니한 일을
꿈에는 해 내는 일도 많아 놀란다

밉던 사람이 꿈에는 반대일 수도 있고
말 잘 듣는 아들 딸이 반대인 경우도 있다

꿈은 생시에 반대로 이루어진다고 하나
그렇지만은 아니하다
종잡을 수 없는 것이 꿈이다

고장 난 벽시계

건전지를 새 것으로 바꾸지 아니하여
가지 않는 벽시계를 그대로 걸어 놓았다

버릇 되어 시계를 보면서도
때로는 위로를 받기도 한다

왼눈의 시력을 완전히 잃었어도
그 눈을 뜨며 보이는 것으로 안다

그러하니 마음인들 바로 생각하는 일 있을까
옳고 그른 것을 마음인들 가리랴만은
사사건건 판단하려 드는 어리석음 슬프다

자고 나면 세상사람들이나 나는
불평불만을 토해 내는구나

하늘과 산을 보며 새들의 노래를 듣고
기쁘고 즐겁게 하루하루 지내자
고장 난 벽시계가 이를 일러 주는구나

일이 마음대로 되지 않을 때

살아가면서 일이 내 마음대로 되지 않을 때에는
컴퓨터로 바둑을 두어보면 조금은 깨닫게 된다

내 마음대로 이기고 지리라 생각하지만
그렇지만은 아니하여 이기기도 하고 지기도 한다

늙어 거동하기 힘이 들고 잠은 오지 않아
혼자서 바둑을 두며 동지섣달 긴긴 밤을 즐긴다

김치찌개에 몇 가지 반찬에 밥 한 그릇 먹고
물 마시고 일어서면 이리도 뿌듯한 살림살이

부귀도 명예도 흘러가는 구름 한 조각만 못하고
산새들의 지저귐 들으며 산길을 걷는 것이 즐겁다

단풍 곱게 물든 산길을 걷는 풍경이 뉴스에 비치면
가 보았던 산이나 아니 가 본 산이거나 한결같이 반갑다

어느 핸가 금강산 여행이 열리었다가 다시 막히었다가
다시 열리었던 일이 있자 우리 부부는 만사 제쳐놓고
동해시에서 설봉호에 올라 동해바다 멀리 공해(公海)에서
캄캄한 북한땅과 전깃불 훤한 남한을 보았다

여기가 어디여

나이 팔십이 넘으니 첫마디가 달라졌다
잠을 깨어 혼자 말로나
사람을 만나 첫 마디 말이
여기가 어디여?
지금이 아침이여, 저녁이여?

기억하려고 적어놓으면
적어놓은 데를 찾지 못하고
새로 산 집에 가서 둘러보고 와서는
그 집안에 방들의 구조와 크기를
기억 못한다

아들 딸들에게 말한 것을
다시 말하는 경우가 비일비재(非一非再)이다

저녁밥을 먹으면서
아침인지 저녁인지 묻는다

수시로 시간을 보며
점심인지 저녁인지 확인한다

살던 집이 팔리니

아파트를 새로 사놓고 살던 집이 팔리니
정들었던 40여 년 돌아보게 된다

서울에서 전세 보증금을 돌려받아 이사를 와
그 보증금 20만원에 맞는 단층 슬래브 집을 샀다

형편이 펴져서 헐고
삼층 철근 콘크리트 슬래브 집을 지었다

딸 셋과 아들을 길렀고
외손녀 외손자들이 모이면 이층 넓은 방은 놀이방이 된다

외할아버지 외할머니는
그들의 쿵쿵대는 소리가 듣기 좋았다

한 때는 80이 넘으신 부모님을 모시기도 하여
여한이 없다

할머니 자장가 삼아 어린 나에게 들려주신 노래
달아 달아 밝은 달아 이태백이 놀던 달아
이태백이 죽었으니 뉘와 함께 놀고 있나

저기 저기 저 달 속에 계수나무 한 그루

은도끼로 찍어내어 금도끼로 곱게 다듬어서
초가삼간 집을 지어 양친부모 모셔다가
천년만년 살고 지세,
노래가 새삼 떠오른다

이제 그 집이 팔리고
위브(We've) 하늘채 아파트로 이사를 간다

하나님께서 준비하여 우리들에게 주신
사랑의 선물 분명하게 채막을 치고
감사의 잔치를 차려 드리우리다

이사 갈 날이 다가오니

새 집으로 이사 갈 날이 다가오니
이 집에 대한 감회가 앞을 막는구나

서울 봉천동에서 살며
서울 법원에 다니고 있는데
서울지방법원 수원지원이 수원지방법원으로 승격이 되자
남양에 살고 계신 부모님이 팔십 넘으시고 조카들은 어리어
수원법원을 지원하여 이 자리에 단칸집을 사서 살면서
형편이 잘 펴나가서 이 자리에 삼층집을 올렸다

그리도 바라던 양친 부모를 모시기까지 하여 보았다
이 집에 살면서 형편이 펴져 아쉬움 없이 살아가니
하나님의 보살펴 주심이로다

딸 셋과 아들을 길러 딸 셋은 시집가 외손녀 외손주 재롱에
팔십이 넘은 외할아버지의 마음을 즐겁게 하여 준다

이세상에서 하늘나라 이사 가는 날
하나님은 더 좋은 선물을 주시리라
늘 하나님께 감사기도하며 살리라

아파트로 이사 옴

이사 온 지 보름이 되어도 아파트의 밤은 괴롭다
살던 집은 우풍이 심하여 괴로웠는데
아파트는 너무나 바람이 통하지 아니하여
자다 깨면 답답하여 창문을 열어 소통을 하나
한겨울 찬바람에 바로 닫아야 한다

큰딸이 사온 자동청소기
문지방을 넘어 이 방, 저 방, 주방, 거실까지
청소를 마치고는 자기 자리로 돌아와 멈춘다

둘째 딸이 사 보내준 깨끗한 소파는
색깔도 좋고 편안하여 아주 좋다

셋째 딸은 예쁜 나비꽃 찾아 가볍게 날으는
자기물잔 한 벌이 봄바람 따뜻하게 집안에 가득하다

아들은 쉬지 않고 이곳저곳 부지런히 손을 보며
틈틈이 창틀이며 구석구석 손을 본다

늙은 두 부부는 언제나 적응될지
모든 것이 서툴러 어리둥절하며
13층에서 세상을 내려다본다

깜빡깜빡

한 서너 달 동안 기억력이 떨어져
되묻고, 잠시 뒤에 또 물었다

한 사람을 대동하여 자주 물었으나
점점 더 심하여지자 치매인가 걱정됐다

동료의 자동차를 타고 고향길을 수시로 다녀보았으나
산을 넘으면 어디라는 것이 생각나지 않았다

서너 달이 지나니 깜빡이던 기억이 진정해진다
곰곰이 생각하여 보니
새 아파트 사서 이사하고 살던 집 팔은 일을
다섯 달 안에 하느라고 신경을 많이 썼기 때문인 것 같아 다행이다

보건소에도 가서 여러 가지 검사를 하며
은근히 근심이 되어 말이 아니었으나 안심이 된다

안곡서원

안곡서원(安谷書院)은 경기도 화성시 서신면 상안리 585번지에 있다
명현들의 위패를 모신 전각에 홍살문 솟을대문이 있고 안내판이 있다
안곡서원은 조선 현종 7년(1666년)에 남양현감 민기중이 지방유지들의 공의를 받아들여 기묘 명현인 도원재 박세희의 덕행을 추모하기 위해 안곡사(安谷祠)를 창건한 데서 비롯하였다
도원재 박세희는 중종 9년인 1514년 별시문과에 장원급제하였고 1515년 홍문관, 1517년 정언에 임명된 후 이조좌랑과 충청도도사, 장령, 홍문관 응교를 역임한 후 1519년 사간이 되었다 같은 해 좌부승지가 되었으나 기묘사화가 일어나 조광조의 일파로 몰려 상주로 유배되었다가 강계에 이배되어 그곳에서 세상을 떠났다

향사(享祀)를 위해 마련한 안곡사는 현종 9년인 1668년에 박세희의 백형으로 향리에 은거하면서 학자와 효자로 일생을 보낸 송촌 박세훈을 배향하였다
안곡사는 경종 1년인 1721년 안곡(安谷)이라는 사액을 받으면서 성현배향과 후학을 양성하는 교육기관인 서원의 기능을 함께하게 되었다
그러나 고종 8년인 1871년 서원철폐령에 의해 훼철되었다가 1976년 사우를 복원하였다
화성시의 유일한 서원이며 세계인류문화유산으로 등록되어 있다
현재 화성시 향토유적 제1호로 지정되었다

할머님의 고마우심

할아버지 송용(宋榕, 1857~1921.10.29.)은
자(字)는 영수(永洙)이고 한문수학(漢文修學)을 하셨다
부지런하시고 매사에 연구심이 뛰어나시고 신체 강건하셨다

할아버지는 할머니 수성이씨(隨城李氏, 1855~1877.4.14.)와
결혼하셨는데 대홍수와 흉년의 계속으로 굶주린 끝에
장독 안에 말라붙은 된장 덩어리를 잡수시고 조갈병으로 돌아가셨다

할아버지는 한 동네 사시는 순흥안씨 안명선(安明善)의 딸
안치옥(安致玉, 1867~1948.12.22.)과 재혼하셨다
이 할머니는 수성이씨 할머니가 동막에서 시집을 오셨기 때문에
동막댁 할머니라고 불렀다

동막댁 할머니는 사남삼녀의 막내로 태어나 젖을 먹지 못하고
동네 새댁들의 남는 젖을 얻어 먹이며 암죽을 쑤어 먹였고
때로는 밥을 씹어서 먹여주시기도 하셨다

할머니는 아장아장 걸음마를 가르쳐 주시며 여러 가지를 일러주셨다
그 중에서 제일 중요한 것은
남의 것과 나의 것을 구별할 줄 알게 하여 주셨고
하나님이 지켜보고 계심을 일러주셨다

아장아장 할머니 앞에서 걷다가 길가 밭에 참외를 보고 서 있으니
할머니가 먹고 싶으냐 하시어 좋아서 응하고 대답을 하였더니
저것은 남의 것이니 집에 가면 부엌에 우리 것이 있다고 하셨고
땅에 기어가는 개미를 손가락으로 눌렀더니
개미도 한세상 살려고 세상에 태어난 것이니 죽이면
하나님의 노여우심을 받아 벌을 내린다고 일러주셨다
살아가는 지혜를 일러주시어 부족함이 없이 살아 팔십이 넘었다

잘 살다 갑니다

좋으신 분께서 좋은 나라, 좋은 시절에 보내주셔
좋으신 할아버지 할머니 아버지 어머니 사랑 받으며
좋으신 스승, 형제자매, 이웃, 동료 만나 편안하게 살고
착한 아내 만나 아들, 딸, 손자손녀, 외손자손녀
슬기로워 기쁘오

사물의 이치와 성현의 말씀, 힘겨워 아쉽더니
복된 말씀 조금씩 더듬어 되새김질하며 사니
싫었던 것 잊어지고 좋았던 일만 떠올라 감사하여
부르시는 날 차마 잊을까 여기에 미리 새기오

2015. 10. 12.
祖父母 송용(宋榕) 안치옥(安致玉)
父母 송정순 이금선(礪山 宋貞純 全州 李今善)
本人 송홍만(宋弘萬 礪山 24世孫)
妻 김민자(金海 金應天 金順仁의 장녀 金敏子)
대지공원(大地公園) 15지구 5단 9번

애기릉과 궁평리

내 고향 경기 남양에는 애기릉이 있다
남양중학교에서 가까운 곳이라 소풍도 가고 놀러도 갔다
이곳에 평범한 분묘가 있는데 묘의 정면도 아닌 모퉁이에
허름한 비에 '신빈김씨지묘' 라고만 새겨 있었다

성장하여 알고 보니 세종대왕의 셋째 부인의 능이었다
부인의 친정이 남양에서 메주고개를 넘어 신남리였다
세종대왕의 둘째 왕자 수양대군이 어린 조카 단종의 왕위를 찬탈하고
세조임금이 되자 그의 횡포를 피하여 왕자들을 남양반도 끝머리
바닷가에 피신시켜 주변 섬들에 흩어져 살게 하였다
그래서 이곳을 궁평리(宮坪里)라고 부르게 되었다

여러 차례 궁평리에 회 먹으러 가며 오며 둘러보니
궁평리 가까이에 대여섯 섬들이 있어
한 섬에 오르니 군인들이 해안경비를 하고 있다
이 섬들에 왕자들이 흩어져 살았다고 궁평리라 부른 조상들의
지명에 내력을 알 수 있게 하였으니 그 지혜로움에 감탄을 하였다

노부부와 아들 하나

늦게 결혼하여 딸 셋에 아들 하나
사남매를 낳아
딸들은 시집 보내고 아들만 남아 세 식구가 산다

나이는 팔십이 넘었어도
아들이 집에 없으면
어릴 적에 어른들 외출하시고 집 보는 마음이다

사십이 넘은 아들인데도
학원에서 오는 시간이 되면
잠이 들지 않는다

엄마는 기다리느냐고
밤을 홀딱 새우고
나는 깊은 잠이 들지 않는다

들어오는 문소리에
세 식구가 새 힘을 얻어
아들에게 어린이처럼 일러 바친다

그래서
아들은 어른이 되고
부모는 어린아이가 된다

창

집에 창(窓)이 있어 좋다
창을 열면 상쾌하여
기쁘고 즐겁다

어렸을 때 공부하다 힘들면
창문을 열고 푸른 하늘 아름다운 구름
높고 낮은 앞산 뒷산을 내다보아 좋았다

젊어서는 창문 열고 날씨가 좋으면
배낭 걸러메고 산으로 들로 쏴다니며
젊음을 기쁘고 즐겁게 보냈다

나이 팔십이 되고 보니
이른 새벽잠이 깨어 창밖을 보며
지팡이 짚고 걸을 일이 두렵구나

그래도 창문을 열고 내다보면
마음이 시원하여 새 힘이 솟아나
할 일을 찾아 나름대로 정리한다

부르심을 받으면 창문 열고 맞이하며
사랑하여 주심 감사하여
큰 절을 올리겠나이다

할머니 복음

집사람이 시장에서 밤 한 되를 사가지고 와서
늦은 밤에 쪄 칼로 겉껍질과 속껍질을 벗겨주어
입에 넣으니 구수한 맛에 할머니 생각이 난다

바쁜 가을밤에 밤을 쪄 온 식구가 둘러앉아 먹고 있는데
할머니께서 산 넘어 사는 박 서방네는
추수철에 온 식구가 밤을 까먹다가 망하고 말았단다

할머니의 이 말씀은 복음(福音)이다
하나님의 말씀은 예수님을 통하여 하시지만
사람을 통하여서도 우리에게 일러주신다

어릴 적에 할머니의 이 말씀으로
놀지 않고 부지런히 공부하였으며
열심히 노력하여 복을 누리고 있다

하나님은 할머니를 통하여 일러주셨으며
나는 할머니의 말씀을 귀담아 듣고
매사에 할머니의 말씀을 순종하려 노력하였다

공무원 연금이 240만원이 넘는 것을 최근에 알고
이 얼마나 생활에 보탬이 되었으며
노후생활에 도움이 되는지 할머니가 고맙다

오다 보면 여기이고

오다 보면 여기이고
가다 보면 집이로다

나이 팔십이 넘어
지팡이 짚고 여기 저기 다닌다

다니다 보면 단골 음식점
오고 보면 내 집이로다

인생이 이런 것인가
살다 보면 가고 싶은 곳, 오고 싶은 곳에 간다

산 너머 그리운 마을을 지나기도 하고
아픈 기억이 서린 마을을 지나기도 한다

세월은 약이다
뼈아픈 고통을 몽땅 씻어준다

부르심을 받는 날까지
일러주심을 또박또박 적어 전하련다

하나님께서 내게 주신 은사
아끼지 아니하고 순종하리라

송홍만 제23시집
하나님은 사랑이다
•
지은이 / 송홍만
발행인 / 김영란
발행처 / 한누리미디어
디자인 / 지선숙
•
08303, 서울시 구로구 구로중앙로18길 40, 2층(구로동)
전화 / (02)379-4514, 379-4519
Fax / (02)379-4516
E-mail/hannury2003@hanmail.net
•
신고번호 / 제 25100-2016-000025호
신고연월일 / 2016. 4. 11
등록일 / 1993. 11. 4
•
초판발행일 / 2020년 1월 22일
•

•
값 12,000원
•

•
ISBN 978-89-7969-816-9 03810